声律启蒙·
千家诗

[清]车万育 [宋]谢枋得 ◎ 著

霍振国 ◎ 译注

江苏人民出版社

图书在版编目（CIP）数据

声律启蒙 /（清）车万育著；霍振国译注 . 千家诗 /
（宋）谢枋得著；霍振国译注 . — 南京：江苏人民出版
社 , 2022.7
　　ISBN 978-7-214-26985-0

　　Ⅰ. ①声… ②千… Ⅱ. ①车… ②谢… ③霍… Ⅲ.
①诗词格律—中国—启蒙读物②古典诗歌—诗集—中国—
少儿读物 Ⅳ. ① I207.21 ② I222.72

　　中国版本图书馆 CIP 数据核字 (2022) 第 016918 号

书　　　　名	声律启蒙·千家诗
著　　　　者	［清］车万育　　［宋］谢枋得
译　　　　注	霍振国
责 任 编 辑	胡海弘
装 帧 设 计	凤凰含章
出 版 发 行	江苏人民出版社
地　　　　址	南京市湖南路 1 号 A 楼，邮编：210009
印　　　　刷	文畅阁印刷有限公司
开　　　　本	710 mm×1 000 mm　1/16
印　　　　张	14
插　　　　页	4
字　　　　数	188 000
版　　　　次	2022 年 7 月第 1 版
印　　　　次	2022 年 7 月第 1 次印刷
标 准 书 号	ISBN 978-7-214-26985-0
定　　　　价	38.00 元

（江苏人民出版社图书凡印装错误可向承印厂调换）

中国古典诗歌历史悠久，成就巨大，名家名篇之多，可用"灿若群星"四字来形容。其中更有不少名篇名句，脍炙人口，代代相传。学文必学诗，因此，在青少年启蒙教育中，不论过去还是现在，都有许多家长要求自己的孩子读诗背诗。这样，各种诗歌选本便应运而生，其中流传最广、影响最大的就是《声律启蒙》和《千家诗》。

《声律启蒙》是清代诗人车万育所作，为清朝家喻户晓的启蒙读物，全书分为上、下卷，按照韵脚编写，按韵分编，包罗天文、地理、花木、鸟兽、人物、器物等的虚实应对，对仗工整，"音韵铿锵，辞藻华丽，妙不可言"，从单字到多字的层层属对，朗朗上口，读起来还如唱歌一样，可以在不知不觉中进行语音、词汇、修辞的训练，是送给青少年的不可多得的国学启蒙读物。

《千家诗》据说由南宋末年的谢枋得所选编，明末清初人王相在此基础上又编选了《新镌五言千家诗》，也分上、下两卷，各收五言绝句和五言律诗。流传比较广泛的则是谢枋得编、王相注的《重订千家诗》，本书注本即以此书为底本，遴选了最能体现诗人内心之感发与吟诵之声调，希望在有限的篇幅里，为广大读者淋漓尽致地展现中国古代诗歌王国的缤纷世界。《千家诗》自成书以来，一直受到读者的欢迎和欣赏。首先因为它所选的都是近体诗。所谓近体诗，是指五绝、五律、七绝、七律，不包括古诗及乐府。近体诗简短爽朗，长者如七律56字，短者如五绝仅20字，读来既朗朗上口，又便于记忆背诵，作为启蒙读物再合适不过。

中国是一个诗的国度。身为中国人，不会作诗也要会吟，从小打好基础，就显得非常重要，我们整理出版《声律启蒙·千家诗》，正好适应对青少年进行诗歌教育的需要。虽然今天人们已很少再写旧体诗，但这一份珍贵的文学遗产是值得继承的。

总之，无论是《声律启蒙》还是《千家诗》，都是对古人作诗的规律做了系统的总结，熟读这些句子，可以使读者在潜移默化中掌握音韵格律，自然地领会平仄对仗，以后在学作对联和诗词时，便可以信手拈来。本书中还引用大量典故传说，包含丰富的历史文化知识，其中很多典故都具有一定的教育、警示意义，符合中国传统伦理道德，希望对读者产生深远影响。

目录

声律启蒙

一　东

云对雨，雪对风，晚照对晴空。

来鸿对去燕，宿鸟对鸣虫。

三尺剑①，六钧弓②，岭北对江东。

人间清暑殿③，天上广寒宫④。

两岸晓烟杨柳绿，一园春雨杏花红。

两鬓风霜，途次早行之客⑤；

一蓑烟雨，溪边晚钓之翁。

注释：①三尺剑：古剑长约三尺，所以称为三尺剑，这里指汉高祖提三尺剑夺取天下。
②钧：古代重量单位，一钧为三十斤。　③清暑殿：宫殿名，晋孝武帝时期所建。
④广寒宫：神话传说里的月中仙宫。　⑤途次：旅途中住宿的地方，亦指半路上。

沿对革，异对同，白叟对黄童①。

江风对海雾，牧子对渔翁②。

颜巷陋③，阮途穷④，冀北对辽东。

池中濯足水⑤，门外打头风⑥。

梁帝讲经同泰寺⑦，汉皇置酒未央宫⑧。

尘虑萦心，懒抚七弦绿绮⑨；

霜华满鬓，羞看百炼青铜⑩。

注释：①叟（sǒu）：古代对老人的称呼。黄童：儿童。黄，黄口，喻指年龄幼小。 ②牧子：放牧小儿郎。 ③颜巷陋：颜回曾居于陋巷。后喻指生活困苦。 ④阮途穷：晋代文人阮籍曾独自出门，至穷途末路之时，恸哭而返。后喻指穷途末路。 ⑤濯（zhuó）：清洗。 ⑥打头风：迎面风。 ⑦梁帝：南朝梁武帝，崇尚佛教。同泰寺：南朝著名佛教寺院，位于今南京市，梁武帝曾入寺为僧。 ⑧汉皇：汉高祖刘邦。未央宫：遗址在今陕西西安市西北郊。汉高祖曾在未央宫大宴群臣，接受群臣的朝贺。 ⑨绮（qǐ）：本指有花纹的丝织品，这里指古琴名。 ⑩铜：镜，古人以铜为镜。

贫对富，塞对通，野叟对溪童。

鬓皤对眉绿①，齿皓对唇红②。

天浩浩③，日融融④，佩剑对弯弓。

半溪流水绿，千树落花红。

野渡燕穿杨柳雨，芳池鱼戏芰荷风⑤。

女子眉纤，额下现一弯新月；

男儿气壮，胸中吐万丈长虹。

注释：①皤（pó）：白色，古人以"皤然"代
指年老。 ②皓：洁白。 ③浩浩：广阔无边。
④融融：温暖。 ⑤芰（jì）：古书上指菱。

二 冬

春对夏，秋对冬，暮鼓对晨钟。

观山对玩水，绿竹对苍松。

冯妇虎①，叶公龙②，舞蝶对鸣蛩③。

衔泥双紫燕，课蜜几黄蜂。

春日园中莺恰恰④，秋天塞外雁雍雍⑤。

秦岭云横，迢递八千远路⑥；

巫山雨洗，嵯峨十二危峰⑦。

注释：①冯妇：春秋晋国人，善斗虎。后常以"冯妇"代指重操旧业。　②叶公：春秋楚国人，成语"叶公好龙"比喻表面上爱好某事物，实际并不是真正爱好。　③蛩（qióng）：古代指蟋蟀。　④莺（yīng）：一种鸟，体小嘴尖，叫声清脆。　⑤雍（yōng）雍：与"恰恰"均形容鸟鸣之声。　⑥迢递（tiáo dì）：迢，形容路途遥远，成语"千里迢迢"。递，递解之意，古时指把犯人解押往远地，沿途递相押送。此句用唐代诗人韩愈"云横秦岭家何在""夕贬潮阳路八千"为典。　⑦嵯峨（cuó é）：形容山势高峻。巫山有十二高峰。

明对暗，淡对浓，上智对中庸。

镜奁对衣笥①，野杵对村舂②。

花灼烁，草蒙茸，九夏对三冬。

台高名戏马③，斋小号蟠龙④。

手擘蟹螯从毕卓⑤，身披鹤氅自王恭⑥。

五老峰高，秀插云霄如玉笔⑦；

三姑石大，响传风雨若金镛⑧。

注释：①奁（lián）：梳妆用的镜匣。笥（sì）：盛饭或装衣物的方形竹器。 ②杵（chǔ）：用来在臼里捣粮食的圆木棒。舂（chōng）：把东西放在石臼里捣去皮壳或捣碎，如舂米。 ③戏马：秦末项羽所筑戏马高台。 ④蟠（pán）龙：曲折环绕的龙，这里指晋代桓玄的书斋。 ⑤蟹螯（áo）：螃蟹的第一对脚，形状似钳子。毕卓：晋人，酷爱喝酒，并因醉酒而丢了官职。 ⑥鹤氅（chǎng）：用鹤毛织成的外套。王恭：晋代人，喜欢身披鹤氅在雪地行走，时人称他为神仙。 ⑦五老峰：今江西庐山的一座奇峰。 ⑧三姑石：山峰名，因三峰并立，如三位妙龄女子，故名。金镛（yōng）：古乐器，奏乐时表示节拍的大钟。

仁对义，让对恭，禹舜对羲农①。

雪花对云叶，芍药对芙蓉。

陈后主②，汉中宗③，绣虎对雕龙④。

柳塘风淡淡，花圃月浓浓。

春日正宜朝看蝶，秋风那更夜闻蛩。

战士邀功，必借干戈成勇武；

逸民适志，须凭诗酒养疏慵⑤。

注释：①禹、舜、羲、农：传说中远古时代的四位圣君。 ②陈后主：南朝陈国的亡国之君。 ③汉中宗：西汉的皇帝。 ④绣虎：曹魏文学家曹植，七步成诗，人称"绣虎"。雕龙：战国时期齐国人邹奭富于文辞，善于雄辩，人们称他"雕龙"。⑤慵（yōng）：困倦、懒怠。

三　江

楼对阁，户对窗，巨海对长江。

蓉裳对蕙帐①，玉斝对银釭②。

青布幔③，碧油幢④，宝剑对金釭。

忠心安社稷，利口覆家邦。

世祖中兴延马武⑤，桀王失道杀龙逄⑥。

秋雨潇潇，漫烂黄花都满径；

春风袅袅，扶疏绿竹正盈窗⑦。

注释：①蓉裳：用芙蓉制成的衣裳。蕙帐：香草编成的帷帐。　②斝（jiǎ）：古代酒器。
釭（gāng）：烛台。　③幔（màn）：为遮挡而悬挂起来的布、绸子等。　④幢（chuáng）：
古代旗子一类的东西，这里指车帘。　⑤世祖中兴：指光武帝刘秀建立东汉。马武：
光武中兴大将，"云台二十八将"之一。　⑥桀王失道杀龙逄（páng）：夏朝的亡国之
君夏桀十分残暴，忠臣关龙逄因屡次直言进谏被杀。　⑦袅（niǎo）袅：微风吹拂。

旌对旆^①，盖对幢^②，故国对他邦。

千山对万水，九泽对三江^③。

山岌岌^④，水淙淙^⑤，鼓振对钟撞。

清风生酒舍，白日照书窗。

阵上倒戈辛纣战^⑥，道旁系颈子婴降^⑦。

夏日池塘，出没浴波鸥对对；

春风帘幕，往来营垒燕双双^⑧。

注释：①旌（jīng）：旗帜。旆（pèi）：古代末端形状像燕尾的旗。 ②盖：古代车上遮雨蔽日的篷。幢：挂在车上的帷幕。 ③九泽：古代湖泽的总称。三江：古代水道的总称。 ④岌岌：形容高耸的样子。 ⑤淙淙（cóng）：流水的声音。 ⑥阵上倒戈辛纣战：周武王兴兵讨伐商纣，纣征集奴隶为兵迎战，战前士兵倒戈反击，商纣王自焚而亡。 ⑦道旁系颈子婴降：汉高祖攻入咸阳后，秦王子婴驾素车白马，把丝绳套在颈上投降。 ⑧幕：幕布。此句即成语"燕巢于幕"之意。营垒：筑巢。

铢对两①，只对双，华岳对湘江②。

朝车对禁鼓，宿火对塞缸。

青琐闼③，碧纱窗，汉社对周邦④。

笙箫鸣细细，钟鼓响㘭㘭⑤。

主簿栖鸾名有览⑥，治中展骥姓惟庞⑦。

苏武牧羊，雪屡餐于北海⑧；

庄周活鲋，水必决于西江⑨。

注释：①铢、两：古代重量单位，一两的 1/24 为铢，成语"铢两悉称（chèn）"，形容两方面轻重相当或优劣相等。 ②华岳：西岳华山，在今陕西华阴市。 ③琐：门窗上雕刻或绘有连环形的花纹。闼（tà）：门。 ④社：社稷。邦：邦土，指国家，这里指汉朝与周朝。 ⑤㘭㘭（chuāng）：钟鼓声。 ⑥览：东汉主簿仇览。 ⑦庞：三国庞统，鲁肃曾向刘备推荐庞统为治中（官名）。展骥：骏马奔腾，意指贤能的人发挥其才能。 ⑧苏武牧羊，雪屡餐于北海：西汉时期，苏武奉命出使匈奴，却被匈奴所扣，后流放到北海牧羊，苏武靠饮雪食毡毛度日。 ⑨庄周活鲋，水必决于西江：一条陷于车辙中的鲋鱼求救于庄子，庄子说："让我决开西江水来救活你吧。"鲋鱼说："只怕那时候我已经成为市场上的鱼干了。"

四 支

茶对酒，赋对诗，燕子对莺儿。

栽花对种竹，落絮对游丝。

四目颉①，一足夔②，鸲鹆对鹭鸶③。

半池红菡萏④，一架白荼蘼⑤。

几阵秋风能应候，一犁春雨甚知时。

智伯恩深，国士吞变形之炭⑥；

羊公德大，邑人竖堕泪之碑⑦。

注释：①四目颉（jié）：即仓颉，传说中他生下来头上生有四只眼睛。 ②一足夔（kuí）：即成语"一夔已足"。夔，舜时的乐官，仅有一足。后来指学贵专门，有一门就够了，也指学有专门的人才。 ③鸲鹆（qú yù）：八哥鸟。鹭鸶（sī）：也叫白鹭，羽毛白色，腿长，能涉水。 ④菡萏（hàn dàn）：荷花。 ⑤荼蘼（tú mí）：一种灌木，攀缘茎，花白色，有香气，供观赏。 ⑥智伯恩深，国士吞变形之炭：战国时晋国赵襄子攻杀智伯，智伯的门客欲为主人报仇，吞炭漆身，改变身音和容貌，企图杀赵襄子，未成。 ⑦羊公德大，邑人竖堕泪之碑：西晋时羊祜镇荆州，甚得民心，死后葬于岘山，当地百姓望其碑而时常流泪。时人称此碑为"堕泪碑"。

行对止，速对迟，舞剑对围棋。

花笺对草字①，竹简对毛锥②。

汾水鼎③，岘山碑④，虎豹对熊罴。

花开红锦绣，水漾碧琉璃。

去妇因探邻舍枣⑤，出妻为种后园葵⑥。

笛韵和谐，仙管恰从云里降；

橹声咿轧⑦，渔舟正向雪中移。

注释：①笺（jiān）：写信或题词用的纸。　②竹简：用竹片做成的简，用于书写，是我国造纸术发明以前主要的书写材料。毛锥：指毛笔。锥，笔锋。　③汾水鼎：汉武帝于汾水得宝鼎。　④岘山碑：即堕泪碑。见前注。　⑤去妇因探邻舍枣：汉代人王吉的邻居有一棵枣树，其树枝伸进他的庭院，王吉的妻子偷吃了枣子，被赶出家门。邻居甚为感动，要将枣树砍掉。　⑥出妻为种后园葵：相传春秋时期公仪休在鲁国为相，禁止食禄者与小民争利。他见到自家葵花长得茂盛，妻子织的布很精美，认为这是在和园夫、织女争利，于是拔掉葵花，赶走妻子。　⑦咿轧：摇橹声。

戈对甲，鼓对旗，紫燕对黄鹂。

梅酸对李苦，青眼对白眉①。

三弄笛，一围棋，雨打对风吹。

海棠春睡早②，杨柳昼眠迟③。

张骏曾为槐树赋④，杜陵不作海棠诗⑤。

晋士特奇，可比一斑之豹⑥；

唐儒博识，堪为五总之龟⑦。

注释：①青眼：晋人阮籍对他讨厌的人翻白眼，看不起；对他喜欢的人则正视之，称为"青眼"，表示看得起，即"垂青"之意。白眉：三国人马良，眉有白毫，弟兄五人，良最贤。后世便称兄弟中才干最突出者为"白眉"。 ②海棠春睡早：杨贵妃初睡起，唐玄宗笑问："海棠春睡未足耶？" ③杨柳昼眠迟：汉代苑中有柳似人，一日三眠三起。 ④张骏：十六国时期的前凉王。 ⑤杜陵：即杜甫，不曾以海棠为作诗题材。 ⑥一斑之豹：晋代王献之几岁时，观其父的门生玩游戏，他说："南风不竞。"门生说他："此郎亦管中窥豹，时见一斑。" ⑦五总之龟：古人认为龟为长寿之物，后以"五总之龟"比喻博学者。

五 微

来对往，密对稀，燕舞对莺飞。

风清对月朗，露重对烟微。

霜菊瘦，雨梅肥，客路对渔矶。

晚霞舒锦绣，朝露缀珠玑。

夏暑客思欹石枕[①]，秋寒妇念寄边衣[②]。

春水才深，青草岸边渔父去；

夕阳半落，绿莎原上牧童归。

注释：①欹（qī）：斜靠。 ②边衣：古代丈夫戍边，每值秋寒，妇女思念其夫，便寄衣御寒，称"边衣"。

宽对猛，是对非，服美对乘肥^①。

珊瑚对玳瑁^②，锦绣对珠玑。

桃灼灼^③，柳依依^④，绿暗对红稀。

窗前莺并语，帘外燕双飞。

汉致太平三尺剑，周臻大定一戎衣^⑤。

吟成赏月之诗，只愁月堕；

斟满送春之酒，惟憾春归。

注释：①乘肥：即"乘肥马"，坐着骏马拉的车子。　②玳瑁（dài mào）：一种海洋动物，形似龟，其背甲可做装饰品。　③灼灼：形容花开得茂盛。　④依依：杨柳叶随风摇动的样子。　⑤一戎衣：穿上军装，泛指用兵作战。

声对色，饱对饥，虎节对龙旂①。

扬花对桂叶，白简对朱衣②。

尨也吠③，燕于飞，荡荡对巍巍。

春暄资日气，秋冷借霜威。

出使振威冯奉世④，治民异等尹翁归⑤。

燕我弟兄，载咏棣棠韡韡⑥；

命伊将帅，为歌杨柳依依。

注释：①虎节：即虎符，古代调兵用的凭证，用铜铸成虎形，分两半，右半存朝廷，左半给统兵将帅。调动军队时须持符验证。龙旂：绘着龙的旗帜。　②白简：古代御史弹劾官员时所用的竹、木片或纸。朱衣：红色的公服。　③尨（máng）：多毛狗。④冯奉世：西汉时人，他出使西域，率兵攻破莎车国，被封为光禄大夫、水衡都尉。⑤尹翁归：西汉人，任东海太守，有政绩，得民心。　⑥棣棠（dì fáng）：即棠棣，一种树木。韡韡（wěi）：光明，美盛。

六 鱼

无对有，实对虚，作赋对观书。

绿窗对朱户，宝马对香车①。

伯乐马②，浩然驴③，弋雁对求鱼④。

分金齐鲍叔⑤，奉璧蔺相如⑥。

掷地金声孙绰赋⑦，回文锦字窦滔书⑧。

未遇殷宗，胥靡困傅岩之筑⑨；

既逢周后，太公舍渭水之渔⑩。

注释：①宝马：名贵的良马。香车：华丽的车子。 ②伯乐：古代善择千里马的专家。③浩然：即唐代诗人孟浩然，他常骑驴在雪中寻梅。 ④弋（yì）雁：用带有绳子的箭射雁。求鱼：成语"缘木求鱼"，指爬到树上去捉鱼，形容方法不当，徒劳无获。⑤分金：春秋时齐国人管仲与鲍叔牙分财物，管仲多取之，鲍叔牙知道他贫寒，所以不认为管仲贪财。 ⑥奉璧：即成语"完璧归赵"之意。蔺相如：战国时期赵国人。⑦掷地金声：晋朝著名文士孙绰曾作《天台山赋》，并十分自负地对人说："将此赋掷地，能作金石声。"形容文章之美，也指才华之高。 ⑧窦滔：南朝人，后做官至襄阳镇守，携宠妾赴任，其妻乃织锦成回文诗三首，寄给窦滔，窦滔痛改前非，与妻情好如初。 ⑨傅岩之筑：商王梦见傅说，乃画其形象遍求天下，时傅说在傅岩筑城，后便被征为相。 ⑩渭水之渔：西周时姜子牙垂钓于渭水，遇上周文王，被征为股肱之臣。

终对始，疾对徐，短褐对华裾①。

六朝对三国②，天禄对石渠③。

千字策④，八行书⑤，有若对相如⑥。

花残无戏蝶，藻密有潜鱼。

落叶舞风高复下，小荷浮水卷还舒。

爱见人长，共服宣尼休假盖⑦；

恐彰己吝，谁知阮裕竟焚车⑧。

注释：①裾（jū）：衣服的前后襟，此处指华美的衣服。　②六朝：建都于今南京市的六个朝代：三国孙吴、东晋和南朝的宋、齐、梁、陈。　③天禄、石渠：汉代建于长安城中的两个藏书阁。　④千字策：宋代科举考试的一种，每策限定字数为一千字。⑤八行书：东汉马融给别人写信，只有八行字。意指言简意赅。　⑥有若：孔子的弟子。相如：即战国时期赵国大臣蔺相如，或指东汉人司马相如。　⑦长：长处，优点。尼：仲尼即孔子。盖：古代指伞。此句意思是说与人交往，应当注意别人的长处，回避别人的短处。　⑧恐彰己吝，谁知阮裕竟焚车：阮裕，晋代人。一次，有人丧母，欲向阮裕借车又不敢开口，阮裕闻后说："我有这么一辆好车，却让人家不敢来向我借，还要这车子干什么？"他怕别人说他吝啬，于是烧了车子。

麟对凤，鳖对鱼，内史对中书①。

犁锄对耒耜②，畎浍对郊墟③。

犀角带④，象牙梳，驷马对安车⑤。

青衣能报赦⑥，黄耳解传书⑦。

庭畔有人持短剑⑧，门前无客曳长裾。

波浪拍船，骇舟人之水宿；

峰峦绕舍，乐隐者之山居。

注释：①内史、中书：官名。　②耒耜（lěi sì）：上古耕土工具，犁锄的前身。
③畎（quǎn）浍：田间小沟。　④犀角带：用犀牛角作装饰的衣带。　⑤驷马：四
匹马拉的车。安车：一匹马拉的可以坐乘的小车。　⑥青衣能报赦：青衣，青色或
黑色的衣服，此处指苍蝇。前秦的皇帝苻坚独处室中作赦文，而世人皆知，原来是
苍蝇变成穿青衣的人传告消息的。　⑦黄耳：犬名，西晋文学家陆机喂养的犬，能
替他寄传家书。　⑧短剑：匕首。

七 虞

金对玉，宝对珠，玉兔对金乌^①。

孤舟对短棹^②，一雁对双凫^③。

横醉眼^④，捻吟须^⑤，李白对杨朱^⑥。

秋霜多过雁，夜月有啼乌。

日暖园林花易赏，雪寒村舍酒难沽。

人处岭南，善探巨象口中齿；

客居江左，偶夺骊龙颔下珠。

注释：①玉兔：居于月宫中的白兔，此处代指月亮。金乌：居于日中的神鸟，此处代指太阳。　②棹：船桨。　③凫：野鸭。　④醉眼：酒醉后迷离的眼神。　⑤捻吟须：语出唐人诗句，意思是吟诗时捻断胡须。　⑥杨朱：战国时魏人，思想家。

贤对圣，智对愚，傅粉对施朱①。

名缰对利锁，挈榼对提壶②。

鸠哺子③，燕调雏④，石帐对郇厨⑤。

烟轻笼岸柳，风急撼庭梧。

鸲眼一方端石砚⑥，龙涎三炷博山炉⑦。

曲沼鱼多，可使渔人结网⑧；

平田兔少，漫劳耕者守株⑨。

注释：①傅：涂抹。朱：胭脂。　②挈（qiè）：提着。榼（kē）：器皿，用来盛酒。③鸠哺子：指鸠喂哺子，早上从大的开始喂，晚上从小的开始喂。　④燕调雏：指燕调教雏燕，使之学会飞翔。　⑤石帐：晋人石崇的帐子，用锦丝织成。郇（xún）厨：唐代郇国公韦陟饮食豪奢，此处以郇厨代指饮食奢华。　⑥鸲（qú）眼：一种名贵的砚石。　⑦龙涎：一种名贵的香料。炷（zhù）：量词，用于点着的香。博山炉：一种薰香炉，用来薰衣、薰室，使之充满香气或清洁。　⑧结网：语出谚语"临渊羡鱼，不如退而结网"。　⑨守株：即成语"守株待兔"之典。

秦对赵，越对吴，钓客对耕夫。

箕裘对杖履①，杞梓对桑榆。

天欲晓，日将晡②，狡兔对妖狐。

读书甘刺股③，煮粥惜焚须④。

韩信武能平四海⑤，左思文足赋三都⑥。

嘉遁幽人，适志竹篱茅舍⑦；

胜游公子，玩情柳陌花衢⑧。

注释：①箕裘：比喻儿子能继承父业。杖履：手杖与鞋子，古人席地而坐，老人出行，必须持杖着履。"杖履"有敬老之意。　②晡：申时，相当于现代计时的下午三点至五点。③刺股：战国时苏秦游说秦国失败，于是发愤读书，读至夜深时，昏昏欲睡，则用锥子刺自己的大腿。比喻发愤苦读。　④焚须：唐代时李勣的姐姐生病，他亲自下厨煮粥，不小心被火烧了胡须。　⑤韩信：辅佐西汉刘邦平定天下，建立汉朝，被封为淮阴侯。⑥左思：晋代文学家。　⑦嘉遁：过隐居生活。　⑧陌：田间小路。衢（qú）：大路。

八　齐

岩对岫①，涧对溪，远岸对危堤。

鹤长对凫短②，水雁对山鸡。

星拱北，月流西，汉露对汤霓③。

桃林牛已放④，虞坂马长嘶⑤。

叔侄去官闻广受⑥，弟兄让国有夷齐⑦。

三月春浓，芍药丛中蝴蝶舞；

五更天晓，海棠枝上子规啼⑧。

注释：①岫（xiù）：山谷或峰峦。　②鹤长：鹤的腿很长。凫短：野鸭的腿很短。③汉露：汉武帝在宫内造承露玉盘，承接甘露，希望饮之可长生。汤霓：成汤征伐夏桀，百姓盼他到来，如同大旱的时候盼望看见雨前云彩和雨后彩虹一样迫切。　④桃林牛已放：周武王克商后，将战马放归华山之南，将运载辎重的牛放归桃林郊野，以示不再动用武力。⑤虞坂马长嘶：伯乐路过虞坂，见到一匹千里马因为主人不识货而被用来拉盐车，眼看这匹马步履艰难，伯乐不由得上前抱住马脖子失声痛哭，那匹马也仰天长嘶，似乎找到了知音。　⑥广：汉代疏广。受：疏广之侄儿。指功成名就后辞官归乡。　⑦夷齐：伯夷、叔齐。　⑧子规：杜鹃鸟。

云对雨，水对泥，白璧对玄圭①。

献瓜对投李②，禁鼓对征鼙③。

徐稚榻④，鲁班梯，凤翥对鸾栖⑤。

有官清似水，无客醉如泥。

截发惟闻陶侃母⑥，断机只有乐羊妻⑦。

秋望佳人，目送楼头千里雁；

早行远客，梦惊枕上五更鸡。

注释：①璧：玉器。玄圭：黑色的玉器。 ②献瓜：用了宰相陆贽谏止唐德宗赏路献瓜果者官的典故。投李：比喻赠人礼物。 ③鼙（pí）：军队用的战鼓。 ④徐稚：东汉时陈蕃为大名士，徐稚极为看重，他特为徐稚准备了一张榻，供徐稚来时使用，人称"徐榻"。 ⑤凤翥（zhù）：凤凰飞舞。鸾栖：鸾鸟栖息。 ⑥截发惟闻陶侃母：东晋时，陶侃家贫，无以待客，陶母便偷偷地剪下自己头发换取酒食待客。 ⑦断机只有乐羊妻：即成语"乐羊子妻"之典。

熊对虎，象对犀，霹雳对虹霓。

杜鹃对孔雀，桂岭对梅溪。

萧史凤①，宋宗鸡②，远近对高低。

水寒鱼不跃，林茂鸟频栖。

杨柳和烟彭泽县③，桃花流水武陵溪④。

公子追欢，闲骑玉骢游绮陌⑤；

佳人倦绣，闷欹珊枕掩香闺⑥。

注释：①萧史凤：萧史，春秋时期秦国人，善吹箫，曾经吹箫引来凤凰，后来和妻子一起乘凤升天成仙。 ②宋宗鸡：晋时人宋处宗养了一只鸡，将它置于窗间，此鸡后来能人言。 ③彭泽：陶渊明居处，在今江西九江市。 ④武陵：在今湖南，为桃花源所在。 ⑤玉骢：泛指骏马。 ⑥珊枕：以珊瑚做成的枕头。

九　佳

河对海，汉对淮，赤岸对朱崖。

鹭飞对鱼跃，宝钿对金钗①。

鱼圉圉②，鸟喈喈③，草履对芒鞋。

古贤尝笃厚，时辈喜诙谐。

孟训文公谈性善④，颜师孔子问心斋⑤。

缓抚琴弦，像流莺而并语；

斜排筝柱⑥，类过雁之相挨。

注释：①钿（diàn）：妇女用的一种花朵形首饰。钗：古代妇女发髻上的一种首饰。
②圉圉（yǔ）：困顿没有舒展开的样子。　③喈喈（jiē）：鸟鸣声。　④孟：孟子。文公：
滕文公。　⑤颜：颜回。心斋：排除思虑，保持心境的清净纯正。　⑥筝柱：筝上用来
调节高音的部分。

丰对俭，等对差，布袄对荆钗①。

雁行对鱼阵②，榆塞对兰崖。

挑荠女③，采莲娃④，菊径对苔阶。

诗成六义备⑤，乐奏八音谐⑥。

造律吏哀秦法酷，知音人说郑声哇⑦。

天欲飞霜，塞上有鸿行已过；

云将作雨，庭前多蚁阵先排。

注释：①荆钗：用荆条做的钗。　②雁行、鱼阵：古代军队阵法。　③荠：野菜。
④采莲娃：采莲的吴地美女。　⑤六义：比、兴、赋、风、雅、颂。　⑥八音：八
种制作乐器的原料：金、石、丝、竹、匏、土、革、木，此处为古代对乐器的统称。
⑦哇：陋俗的乐声，指郑国歌谣浮靡不正派。

城对市，巷对街，破屋对空阶。

桃枝对桂叶，砌蚓对墙蜗①。

梅可望②，橘堪怀③，季路对高柴④。

花藏沽酒市，竹映读书斋。

马首不容孤竹扣⑤，车轮终就洛阳埋⑥。

朝宰锦衣，贵束乌犀之带⑦；

宫人宝髻，宜簪白燕之钗⑧。

注释：①砌蚓：台阶缝隙中的蚯蚓。墙蜗：蜗牛从墙上爬过，涎水的痕迹像是篆文，是古诗文习用语汇和意象。　②梅可望：即成语"望梅止渴"之典。　③橘堪怀：指三国时吴人陆绩怀橘之事，后以"怀橘"为思亲、孝亲的典故。　④季路：孔子的学生仲由。高柴：也是孔子的学生。　⑤孤竹扣：周武王伐商纣，孤竹君的两个儿子拦住去路，抓住武王所乘车的马缰，苦谏退兵。　⑥车轮终就洛阳埋：东汉人张纲为御史被派到地方监察百官，他却将车轮埋在洛阳都亭之下，不去监察地方官，而是劾奏朝中权臣梁冀，以正风纪。　⑦朝宰：朝廷高官大员。乌犀之带：用黑犀牛角做装饰的腰带。　⑧白燕之钗：即玉燕钗。相传汉武帝曾将神女赠他的一双玉钗赠给赵婕妤，到汉昭帝时，这双玉钗变成白燕飞走了。

十　灰

增对损，闭对开，碧草对苍苔。

书签对笔架，两曜对三台①。

周召虎②，宋桓魋③，阆苑对蓬莱④。

薰风生殿阁，皓月照楼台。

却马汉文思罢献⑤，吞蝗唐太冀移灾⑥。

照耀八荒，赫赫丽天秋日⑦；

震惊百里，轰轰出地春雷。

注释：①两曜：日、月。三台：星宿名，分为上台、中台、下台，每台各有两颗星，共六颗。　②周召虎：即召伯虎，西周大臣，对周宣王中兴贡献极大。　③桓魋：春秋时期宋国大臣。　④阆苑：相传为仙人的住处。蓬莱：传说为渤海中的仙山，上有仙人。　⑤却马汉文思罢献：汉文帝时，有人进献千里马，汉文帝没有接受，并且下诏令各地不要再进献。　⑥吞蝗唐太冀移灾：唐太宗时，国内发生蝗灾，唐太宗于是自己吞食蝗虫，以求蝗虫不要危害百姓。　⑦赫赫：阳光明亮灿烂的样子。

沙对水，火对灰，雨雪对风雷。

书淫对传癖①，水浒对岩隈②。

歌旧曲③，酿新醅④，舞馆对歌台。

春棠经雨放，秋菊傲霜开。

作酒固难忘曲蘖⑤，调羹必要用盐梅⑥。

月满庾楼，据胡床而可玩⑦；

花开唐苑，轰羯鼓以奚催⑧。

注释：①书淫：旧时称嗜书成癖、好学不倦的人为"书淫"。传癖：西晋人杜预爱《左传》成癖，后来以"传癖"喻指勤奋读书、钻研学问。　②水浒：水边。岩隈（wēi）：深山曲折处。　③旧曲：古曲，老歌。　④新醅（pēi）：新酿的酒。　⑤曲蘖：酿酒用的酵母。　⑥调羹：调和羹汤。梅：梅子。　⑦月满庾楼，据胡床而可玩：东晋人庾亮邀友人夜登南楼，倚靠在交床上赏风交谈，一时尽兴。　⑧羯鼓：古代打击乐器的一种。源自西域，状似小鼓，两面蒙皮，均可击打。

休对咎①，福对灾，象箸对犀杯②。

宫花对御柳，峻阁对高台。

花蓓蕾③，草根荄④，剔藓对剜苔⑤。

雨前庭蚁闹，霜后阵鸿哀。

元亮南窗今日傲⑥，孙弘东阁几时开⑦。

平展青茵，野外茸茸软草⑧；

高张翠幄，庭前郁郁凉槐⑨。

注释：①休：吉利。咎：灾祸。 ②象箸：用
象牙制成的筷子。犀杯：用犀牛角做成的酒杯。
③蓓蕾：含苞未放的花。 ④根荄（gāi）：植物
的根。 ⑤藓、苔：即苔藓，植物名。 ⑥元
亮：晋诗人陶潜的字，他有"倚南窗以寄傲"
之句。 ⑦孙弘：西汉丞相公孙弘。 ⑧青茵：
指青草地，像绿色的褥垫一样。茵，垫子、褥
子。 ⑨翠幄：青色的帐幔。

十一 真

邪对正，假对真，獬豸对麒麟①。

韩卢对苏雁②，陆橘对庄椿③。

韩五鬼④，李三人⑤，北魏对西秦。

蝉鸣哀暮夏，莺啭怨残春。

野烧焰腾红烁烁⑥，溪流波皱碧粼粼。

行无踪，居无庐，颂成酒德⑦；

动有时，藏有节，论著钱神⑧。

注释：①獬豸（xiè zhì）：传说中的独角神兽，能辨是非。麒麟：古代传说中的一种动物，形状似鹿，头上有角，全身有鳞甲，尾像牛尾。　②韩卢：战国时韩国良犬。苏：汉代苏武。　③庄椿：祝人长寿之词。　④韩五鬼：唐代文学家韩愈在《送穷文》中称命穷、智穷、学穷、文穷、交穷为"五穷鬼"。　⑤李三人：李白有"举杯邀明月，对影成三人"之句，将自己和影子、明月称为三人。　⑥烁烁：光亮的样子。⑦酒德：西晋文学家刘伶有《酒德颂》一文，有"行无辙迹，居无室庐"之句。　⑧钱神：晋人鲁褒著《钱神论》，有"动静有时，行藏有节"之句。

哀对乐，富对贫，好友对嘉宾。

弹冠对结绶①，白日对青春。

金翡翠②，玉麒麟③，虎爪对龙麟。

柳塘生细浪，花径起香尘。

闲爱登山穿谢屐④，醉思漉酒脱陶巾⑤。

雪冷霜严，倚槛松筠同傲岁⑥；

日迟风暖，满园花柳各争春。

注释：①弹冠：成语"弹冠相庆"之典，比喻相交善者援引出仕。结绶：佩带印绶。绶，系在印信上的丝带。　②金翡翠：一般指镶金的翡翠饰品。　③玉麒麟：这里指用玉制成的麒麟印纽。　④谢屐：一种前后齿可装卸的木屐。原为南朝谢灵运的木屐，用以登山。　⑤漉：过滤。陶巾：晋人陶潜用头巾滤酒，完事后，再将头巾戴回头上，表示豪旷之意。　⑥筠：竹子的青皮，借指竹子。

香对火，炭对薪，日观对天津①。

禅心对道眼，野妇对宫嫔。

仁无敌，德有邻，万石对千钧②。

滔滔三峡水，冉冉一溪春。

充国功名当画阁③，子张言行贵书绅④。

笃志诗书，思入圣贤绝域；

忘情官爵，羞沾名利纤尘。

注释：①日观：泰山有峰曰日观，观日出之峰。
天津：天河的渡口。 ②石：每四钧为一石。钧：
每三十斤为一钧。 ③充国功名当画阁：汉宣帝
命人画功臣赵充国等人的像置于麒麟阁。 ④书
绅：这里是指把字写在衣带上，以示时刻不忘。

十二　文

家对国，武对文，四辅对三军①。

九经对三史②，菊馥对兰芬③。

歌北鄙④，咏南薰⑤，迩听对遥闻⑥。

召公周太保⑦，李广汉将军。

闻化蜀民皆草偃⑧，争权晋土已瓜分⑨。

巫峡夜深，猿啸苦哀巴地月；

衡峰秋早，雁飞高贴楚天云⑩。

注释：①四辅：天子的辅佐官。三军：军队的通称。　②九经：古代九部儒家经典，这里是其总称。三史：唐代以后以《史记》《汉书》《后汉书》为"三史"。　③馥：香气浓郁。　④北鄙：国家的北部边境地区。　⑤南薰：和煦、抚育。　⑥迩（ěr）：近。⑦召公：西周开国重臣。　⑧化蜀：教化蜀郡（今四川一带）。　⑨争权晋土已瓜分：春秋末年三家分晋之事。　⑩衡峰：南岳衡山有"回雁峰"，传说雁飞到此峰而北返，故名。

歌对正，见对闻，偃武对修文^①。

羊车对鹤驾^②，朝旭对晚曛^③。

花有艳，竹成文，马燧对羊欣^④。

山中梁宰相^⑤，树下汉将军^⑥。

施帐解围嘉道韫^⑦，当垆沽酒叹文君^⑧。

好景有期，北岭几枝梅似雪；

丰年先兆，西郊千顷稼如云。

注释：①偃武：停止战争。修文：提倡文教德化从事民政建设。 ②羊车：宫中用羊牵引的小车。鹤驾：太子或仙人的车驾。 ③朝旭：初升的太阳。晚曛（xūn）：太阳落山时的余晖。 ④马燧：唐朝中期名将。羊欣：东晋、南朝宋时的书法家。 ⑤梁宰相：南朝梁代的陶弘景，隐居山中，国家有大事，皇帝则入山咨询，故称"山中宰相"。 ⑥汉将军：东汉大将冯异，值论功行赏则退居树下，故称"大树将军"。 ⑦道韫：东晋王献之的嫂子，辩论中曾为王献之解围。 ⑧当垆沽酒叹文君：东汉卓文君与文学家司马相如私奔，家贫，相如酿酒，文君当垆。当垆（lú）：卖酒。垆，土台子，这里借指酒店。

尧对舜，夏对殷，蔡茂对刘蒉①。

山明对水秀，五典对三坟②。

唐李杜③，晋机云④，事父对忠君。

雨晴鸠唤妇，霜冷雁呼群。

酒量洪深周仆射⑤，诗才俊逸鲍参军⑥。

鸟翼长随，凤兮洵众禽长⑦；

狐威不假，虎也真百兽尊⑧。

注释：①蔡茂：汉代人。刘蒉（fén）：唐人。　②五典、三坟：传说中上古的书籍。
③李杜：李白、杜甫。　④机云：晋代陆机、陆云兄弟。　⑤周仆射：晋代人周颛很
有名气，实际却志大才疏，做了仆射之后，好酒成性，经常一醉则三日不起，时人称
之为"三日仆射"。　⑥鲍参军：南朝宋代诗人鲍照。　⑦洵（xún）：实在，确实。
⑧狐威：成语"狐假虎威"之典。兽尊：百兽之王。

十三　元

幽对显，寂对喧，柳岸对桃源。

莺朋对燕友，早暮对寒暄①。

鱼跃沼，鹤乘轩②，醉胆对吟魂。

轻尘生范甑③，积雪拥袁门④。

缕缕轻烟芳草渡，丝丝微雨杏花村。

诣阙王通，献太平十二策⑤；

出关老子，著道德五千言⑥。

注释：①莺朋、燕友：成群结伴的黄莺和燕子。　②轩：古代一种前顶较高而有帷幕的车子，供大夫以上乘坐。　③范甑：东汉范丹家穷，连吃饭用的甑中都落了一层灰尘。　④袁门：东汉人袁安未出仕时，遇上大雪，雪停之后，有不少人出门讨吃的，唯有袁安闭门不出，洛阳令问他为什么不出门乞讨，他回答大雪天别人都粮食困难，自己不应当去麻烦人家。　⑤诣：到。阙：宫殿。献太平十二策：隋朝时王通向隋文帝进献《太平策》十二篇以安邦定国。　⑥"出关老子"二句：老子，春秋战国时人，名李耳。他西出函谷关，著有《道德经》，全篇共约五千字，成为道家的经典。

儿对女，子对孙，药圃对花村。

高楼对邃阁①，赤豺对玄猿。

妃子骑②，夫人轩③，旷野对平原。

鲍巴能鼓瑟④，伯氏善吹埙⑤。

馥馥早梅思驿使⑥，萋萋芳草怨王孙⑦。

秋夕月明，苏子黄冈游赤壁⑧；

春朝花发，石家金谷启芳园⑨。

注释：①邃：深幽。　②妃子骑：杨贵妃爱吃岭南新鲜荔枝，于是唐玄宗令人快马日夜兼程，将荔枝送到京师长安。　③夫人轩：古时贵族妇女所乘的车。　④鲍巴：古代乐师。　⑤伯氏：哥哥，兄长。埙：一种乐器。　⑥驿使：古代负责邮递的官员。　⑦萋萋：草茂盛貌。王孙：古代贵族子弟。　⑧苏子：即北宋文学家苏轼，写有《赤壁赋》。　⑨金谷：西晋石崇建的金谷园，华丽无比。

歌对舞，德对恩，犬马对鸡豚。

龙池对凤沼^①，雨骤对云屯^②。

刘向阁^③，李膺门^④，唳鹤对啼猿。

柳摇春白昼，梅弄月黄昏。

岁冷松筠皆有节，春暄桃李本无言。

噪晚齐蝉，岁岁秋来泣恨^⑤；

啼宵蜀鸟，年年春去伤魂^⑥。

注释：①龙池、凤沼：皇家园林里的池沼。　②云屯：云层堆积貌。　③刘向：西汉目录学家，曾于天禄阁校阅典籍。　④李膺：东汉大名士，不轻易接客，能受到接待的号为"登龙门"。　⑤齐蝉：齐国的王后与齐王斗气而死，死后变成蝉，飞到庭树下哀鸣，齐王悔恨不已。后人因此称蝉为"齐女"。　⑥蜀鸟：杜鹃。相传蜀国君主杜宇失国后，因思恋故国，于是化成杜鹃鸟。

十四 寒

多对少，易对难，虎踞对龙蟠①。

龙舟对凤辇②，白鹤对青鸾。

风淅淅，露溥溥③，绣毂对雕鞍④。

鱼游荷叶沼，鹭立蓼花滩⑤。

有酒阮貂奚用解⑥，无鱼冯铗必须弹⑦。

丁固梦松，柯叶忽然生腹上⑧；

文郎画竹，枝梢倏尔长毫端⑨。

注释：①踞：蹲坐。蟠：弯曲着盘伏。 ②龙舟：专供帝王乘坐的船。凤辇（niǎn）：天子乘坐的车驾，以金凤为饰。 ③溥溥（tuán）：露水很多的样子。 ④绣毂：装饰华丽的车。雕鞍：雕饰有精美图案的马鞍。 ⑤蓼（liǎo）花：植物名，花小白色或浅红色。 ⑥阮貂：晋人阮孚嗜酒，把身上穿的金貂大衣拿去换酒喝。 ⑦冯铗（jiā）：战国时齐国孟尝君的门客冯谖，曾弹剑而唱歌。铗，剑柄。 ⑧丁固：汉代人丁固梦见松树生在自己的腹上。 ⑨"文郎画竹"二句：宋代画家文同，善画竹，顷刻之间，枝叶即成，栩栩如生，成语"胸有成竹"的典故即由此而来。

寒对暑，湿对干，鲁隐对齐桓①。

寒毡对暖席，夜饮对晨餐。

叔子带②，仲由冠③，郏鄏对邯郸④。

嘉禾忧夏旱，衰柳耐秋寒。

杨柳绿遮元亮宅，杏花红映仲尼坛⑤。

江水流长，环绕似青罗带⑥；

海蟾轮满，澄明如白玉盘⑦。

注释：①鲁隐：春秋鲁国国君。齐桓：春秋齐国国君，春秋五霸之一。 ②叔子带：晋人羊祜（字叔子），常穿宽松的衣带。 ③仲由冠：孔子的弟子仲由（即子路），曾头戴一顶雄鸡冠。 ④郏鄏（jiá rǔ）：周朝东都，故地在今河南洛阳。 ⑤仲尼坛：孔子曾设教于杏坛。 ⑥青罗带：青色的罗带。比喻色青流长的江河。 ⑦海蟾：月亮。

横对竖，窄对宽，黑志对弹丸①。

朱帘对画栋，彩槛对雕栏。

春既老，夜将阑，百辟对千官②。

怀仁称足足③，抱义美般般④。

好马君王曾市骨⑤，食猪处士仅思肝⑥。

世仰双仙，元礼舟中携郭泰⑦；

人称连璧，夏侯车上并潘安⑧。

注释：①黑志、弹丸：地狭小之意。　②百辟：诸侯。千官：官吏的泛称。　③足足：凤凰的叫声。　④般般：形容兽皮灿烂多彩的样子，与"斑斑"同义。　⑤好马君王曾市骨：古代帝王好马，买了一匹千里马，但马已死，还是将其骨买了回来。⑥食猪处士仅思肝：汉代人闵仲叔家贫，每次买肉只买一片猪肝，卖肉的不肯卖给他，安邑县令知道后，派官吏每日给他送猪肝，闵仲叔不愿拖累别人，便迁居别处。⑦双仙：东汉大名士李膺与郭泰，李膺字元礼。　⑧"人称连璧"二句：晋代夏侯湛与潘安都是美男子，二人喜欢一起出游，被时人称为"连璧"。

十五　删

兴对废，附对攀，露草对寒菅①。

歌廉对借寇②，习孔对希颜③。

山垒垒，水潺潺，奉璧对探环④。

礼由公旦作⑤，诗本仲尼删⑥。

驴困客方经灞水⑦，鸡鸣人已出函关⑧。

几夜霜飞，已有苍鸿辞北塞；

数朝雾暗，岂无玄豹隐南山⑨。

注释：①菅（jiān）：一种草本植物。　②歌廉：东汉人廉范，有政绩，百姓作歌唱颂他。借寇：东汉人寇恂有政绩，路过颍川郡，当地百姓遮道，恳求皇帝借寇君一年。③孔：孔丘。颜：孔子的弟子颜回。　④奉璧：成语"完璧归赵"之典。探环：晋代人羊祜五岁时拾得一只金环，主人见到后认出金环是他死去儿子的物品，于是认为羊祜是他的儿子转世。　⑤公旦：周公旦，制定礼制。　⑥诗本仲尼删：孔子曾删定《诗经》。　⑦灞水：河名。渭河支流。　⑧函关：函谷关。　⑨玄豹隐南山：传说南山有黑豹，有雾的时候就藏起来，七天不吃东西，以保全它皮毛上的花纹和色彩。后人用玄豹比喻隐居避世、洁身自好的人。

犹对尚，侈对悭^①，雾鬓对烟鬟^②。

莺啼对鹊噪，独鹤对双鹇^③。

黄牛峡^④，金马山^⑤，结草对衔环^⑥。

昆山惟玉集，合浦有珠还^⑦。

阮籍旧能为眼白^⑧，老莱新爱着衣斑^⑨。

栖迟避世人，草衣木食；

窈窕倾城女，云鬟花颜^⑩。

注释：①悭（qiān）：吝啬。　②鬟：古代妇女的一种发型。　③鹇（xián）：一种形状像山鸡的鸟，尾长。　④黄牛峡：即黄牛山，长江峡名。　⑤金马山：山名，在今云南昆明附近。　⑥结草：把草结成绳子，搭救恩人。衔环：嘴里衔着玉环。旧时比喻感恩报德，至死不忘。　⑦合浦：今广西合浦，靠海，产宝珠。　⑧眼白：冷眼待人。⑨老莱：老莱子，孝子。　⑩云鬟：形容女子鬟发如云。

姚对宋^①，柳对颜^②，赏善对惩奸。

愁中对梦里，巧慧对痴顽。

孔北海^③，谢东山^④，使越对征蛮^⑤。

淫声闻濮上，离曲听阳关^⑥。

骁将袍披仁贵白^⑦，小儿衣着老莱斑。

茅舍无人，难却尘埃生榻上；

竹亭有客，尚留风月在窗间。

注释：①姚、宋：唐代著名宰相姚崇与宋璟。　②柳、颜：唐代书法家柳公权与颜真卿。　③孔北海：东汉末年孔融，曾任北海相。④谢东山：晋代谢安曾隐居东山，世称"谢东山"。　⑤使越：出使越地，汉代陆贾曾出使越地。征蛮：征伐蛮夷。⑥濮：濮水。阳关：唐人王维有"西出阳关无故人"之句，阳关在今甘肃省。　⑦仁贵白：唐代大将薛礼（字仁贵），因为他常穿白袍，所以被称为"白袍将军"。

一　先

晴对雨，地对天，天地对山川。

山川对草木，赤壁对青田①。

郏鄏鼎，武城弦②，木笔对苔钱③。

金城三月柳④，玉井九秋莲⑤。

何处春朝风景好，谁家秋夜月华圆。

珠缀花梢，千点蔷薇香露；

练横树杪，几丝杨柳残烟⑥。

注释：①赤壁：长江边上山名，著名的古战场。　②武城弦：春秋鲁国的地名。弦，弦歌之声。　③木笔：辛夷花。苔钱：即苔藓，状如钱，故名。　④金城：地名。东晋时属丹阳郡江乘县（故址在今江苏南京栖霞区一带）。　⑤玉井：指太华山上的玉井。　⑥杪（miǎo）：树枝的细梢。

前对后，后对先，众丑对孤妍①。

莺簧对蝶板②，虎穴对龙渊③。

击石磬④，观韦编⑤，鼠目对鸢肩⑥。

春园花柳地，秋沼芰荷天。

白羽频挥闲客坐⑦，乌纱半坠醉翁眠⑧。

野店几家，羊角风摇沽酒旆⑨；

长川一带，鸭头波泛卖鱼船⑩。

注释：①妍（yán）：美丽。　②莺簧：莺鸣声婉转动听。蝶板：蝴蝶拍击翅膀的姿势如拍板。　③龙渊：龙潜伏的深渊。　④磬：一种乐器，状如曲尺。用玉、石或金属制成。　⑤韦编：古代用竹简写书，用熟牛皮条把竹简编联起来叫"韦编"。这里指古籍。⑥鼠目：形容人的眼睛小而凸出。鸢肩：双肩上耸，像鹰鸱一样。　⑦白羽：白羽毛编成的扇子。　⑧乌纱半坠：晋人阮籍醉眠，乌纱帽半坠而不知晓。　⑨羊角：旋风，似羊角。酒旆：古代挂在酒店门口用来招揽顾客的旗子。　⑩鸭头波：绿色的水波。

离对坎①，震对乾②，一日对千年。

尧天对舜日，蜀水对秦川。

苏武节③，郑虔毡④，涧壑对林泉。

挥戈能退日⑤，持管莫窥天⑥。

寒食芳辰花烂漫，中秋佳节月婵娟。

梦里荣华，飘忽枕中之客⑦；

壶中日月，安闲市上之仙⑧。

注释：①离、坎：八卦中的两卦名。 ②震、乾：八卦中的两卦名。 ③苏武节：西汉苏武出使匈奴所持的节杖。后以"苏武节"用作忠臣之典。 ④郑虔：唐人，他为官清廉，家境贫寒，坐无毡席。 ⑤挥戈能退日：《淮南子》记载，战国时楚国鲁阳公挥戈，逼使太阳退回天空中。 ⑥持管莫窥天：用管观天，所见狭小。 ⑦枕中之客：传说吕翁给卢生一个枕头让他枕着入睡，卢生在梦里享尽富贵荣华，醒来才知道是一场梦，而他睡觉前店主人煮的黄粱饭此时还没熟。 ⑧"壶中日月"二句：传说一老翁卖药，卖完之后，自己就跳入壶中，壶中玉堂华丽，完全是另一个世界。后以"壶中日月"指神仙日子。

二 萧

恭对慢[1]，吝对骄，水远对山遥。

松轩对竹槛[2]，雪赋对风谣[3]。

乘五马[4]，贯双雕[5]，烛灭对香消。

明蟾常彻夜[6]，骤雨不终朝。

楼阁天凉风飒飒，关河地隔雨潇潇。

几点鹭鸶，日暮常飞红蓼岸；

一双鸂鶒，春朝频泛绿杨桥[7]。

注释：①慢：轻慢。 ②松轩：种有松树的住
所。竹槛：竹子做的栏杆。 ③雪赋：南朝文
学家谢庄曾作《雪赋》。风谣：咏风的歌谣。
④五马：代指太守。 ⑤贯双雕："一箭双雕"
之典。 ⑥明蟾：月亮。 ⑦鸂鶒（xī chì）：
水鸟，外形像鸳鸯而稍大，毛多紫色，又称
"紫鸳鸯"。

开对落，暗对昭，赵瑟对虞《韶》^①。

轺车对驿骑^②，锦绣对琼瑶。

羞攘臂^③，懒折腰^④，范甑对颜瓢^⑤。

寒天鸳帐酒^⑥，夜月凤台箫^⑦。

舞女腰肢杨柳软，佳人颜貌海棠娇。

豪客寻春，南陌草青香阵阵；

闲人避暑，东堂蕉绿影摇摇。

注释：①赵瑟：瑟，一种乐器，战国时流行于赵国。虞《韶》：古代传说中虞舜时的乐曲。《韶》，虞舜所作乐曲名。　②轺车：一种轻便车。驿骑：驿站传送邮件所用马匹。③攘臂：捋起衣袖，伸出胳膊。　④折腰：陶渊明不为五斗米而折腰。后以"折腰"为屈身事人之典。　⑤颜瓢：颜回好学，生活虽苦，却乐道安贫。　⑥鸳帐：绣有鸳鸯图案的帐帏。　⑦凤台箫：《列仙传》中记载：萧史善吹箫，作凤鸣。

班对马①，董对晁②，夏昼对春宵。

雷声对电影，麦穗对禾苗。

八千路③，廿四桥④，总角对垂髫⑤。

露桃匀嫩脸，风柳舞纤腰。

贾谊赋成伤鹏鸟⑥，周公诗就托鸱鸮⑦。

幽寺寻僧，逸兴岂知俄尔尽；

长亭送客，离魂不觉黯然消⑧。

注释：①班、马：班固与司马迁。　②董、晁：董仲舒与晁错。　③八千路：路途遥远。④廿四桥：扬州有二十四桥。　⑤总角、垂髫：年幼之时。　⑥贾谊赋成伤鹏鸟：贾谊曾作《鹏鸟赋》，抒发郁郁不得志的情怀。　⑦鸱鸮（chī xiāo）：一种凶猛大鸟。　⑧长亭：路旁小亭。

三　肴

《风》对《雅》^①，象对爻^②，巨蟒对长蛟。

天文对地理，蟋蟀对蟏蛸^③。

龙天矫^④，虎咆哮，北学对东胶^⑤。

筑台须垒土，成屋必诛茅。

潘岳不忘《秋兴赋》^⑥，边韶常被昼眠嘲^⑦。

抚养群黎，已见国家隆治；

滋生万物，方知天地泰交^⑧。

注释：①《风》《雅》：《诗经》的一部分，指《国风》与《大雅》《小雅》。　②象、爻：八卦术语，指卦象与卦爻。　③蟏蛸（xiāo shāo）：蜘蛛的一种，腿很长。　④天矫：屈伸自如的样子。　⑤北学、东胶：周朝的学府名。　⑥《秋兴赋》：西晋文学家潘岳所著。　⑦昼眠：江汉时人边韶喜欢白天睡觉。　⑧泰交：渭天地之气相交，物得大通。

蛇对虺①，蜃对蛟，麟薮对鹊巢②。

风声对月色，麦穗对桑苞③。

何妥难④，子云嘲⑤，楚甸对商郊。

五音惟耳听，万虑在心包。

葛被汤征因仇饷⑥，楚遭齐伐责包茅⑦。

高矣若天，洵是圣人大道⑧；

淡而如水，实为君子神交⑨。

注释：①虺（huǐ）：一种毒蛇。 ②麟薮（sǒu）：神兽麒麟聚居的湖泽。鹊巢：鹊的巢穴。后意指妇人之德。 ③麦穗：旧时以麦穗两歧为祥瑞，以兆丰年。亦用以称颂吏治成绩卓著。桑苞：根深蒂固的桑树，比喻根基稳固。 ④何妥难：隋朝大儒何妥以《春秋》经义为难国子祭酒元善事。 ⑤子云嘲：西汉文学家扬雄曾作《解嘲》文，用以自娱。 ⑥仇饷：杀人而夺去饷赠的食物。 ⑦包茅：齐伐楚，以楚国未向周王朝进贡作祭祀用的菁茅为借口。 ⑧"高矣若天"二句：意谓要达到"圣人大道"的境界，如登天般困难。 ⑨"淡而如水"二句：君子之交淡如水，以神交不以物交。

牛对马，犬对猫，旨酒对嘉肴。

桃红对柳绿，竹叶对松梢。

藜杖叟，布衣樵①，北野对东郊。

白驹形皎皎②，黄鸟语交交③。

花圃春残无客到，柴门夜永有僧敲④。

墙畔佳人，飘扬竞把秋千舞⑤；

楼前公子，笑语争将蹴踘抛⑥。

注释：①布衣樵：打柴的平民百姓。 ②白驹：白色骏马。 ③黄鸟：黄雀。 ④僧敲：唐诗人贾岛有"僧敲月下门"之句。 ⑤竞：争着。 ⑥蹴踘（cù jū）：即蹴鞠，古代一种足球运动，这里指蹴鞠所用的球。

四 豪

琴对瑟，剑对刀，地迥对天高。

峨冠对博带①，紫绶对绯袍②。

煎异茗③，酌香醪④，虎兕对猿猱⑤。

武夫攻骑射，野妇务蚕缫。

秋雨一川淇澳竹⑥，春风两岸武陵桃。

螺髻青浓，楼外晚山千仞；

鸭头绿腻，溪中春水半篙⑦。

注释：①峨冠：高冠。博带：宽大的衣带。　②紫绶：紫色的丝带。绯袍：红色官服。
③茗：即茶。　④醪（láo）：酒。　⑤兕（sì）：犀牛。猿猱：泛指猿猴。　⑥淇澳（yù）
竹：长在淇水边的竹子。　⑦篙：竹篙。

刑对赏，贬对褒，破斧对征袍。

梧桐对橘柚，枳棘对蓬蒿①。

雷焕剑②，吕虔刀③，橄榄对葡萄。

一椽书舍小④，百尺酒楼高。

李白能诗时秉笔，刘伶爱酒每锄槽⑤。

礼别尊卑，拱北众星常灿灿；

势分高下，朝东万水自滔滔。

注释：①枳棘：枳木与棘木。因多刺而称恶木。 ②雷焕剑：魏晋人雷焕掘得的两把
宝剑。 ③吕虔刀：三国时期魏人吕虔的宝刀。 ④一椽：一条椽子，亦指一间小屋。
⑤锄槽：饮酒，吃酒糟。

瓜对果，李对桃，犬子对羊羔。

春分对夏至^①，谷水对山涛。

双凤翼，九牛毛^②，主逸对臣劳。

水流无限阔，山耸有余高。

雨打村童新牧笠，尘生边将旧征袍。

俊士居官，荣列鹓鸿之序^③；

忠臣报国，誓殚犬马之劳^④。

注释：①春分、夏至：二十四节气中的两个。　②九牛毛：九头牛身上的一根毛，比喻微不足道。　③鹓（yuān）鸿之序：鹓雏、鸿雁一起的时候排列有序，比喻朝臣百官的行列。　④殚（dān）：尽。

五　歌

山对水，海对河，雪竹对烟萝。

新欢对旧恨，痛饮对高歌。

琴再抚，剑重磨，媚柳对枯荷。

荷盘从雨洗，柳线任风搓。

饮酒岂知歙醉帽①，观棋不觉烂樵柯②。

山寺清幽，直踞千寻云岭③；

江楼宏敞，遥临万顷烟波。

注释：①歙醉帽：喝醉酒后帽子歪斜半落。　②烂樵柯：典出南朝梁任昉《述异记》。后以"烂柯"谓岁月流逝，人事变迁。　③寻：古以八尺为一寻。

繁对简，少对多，里咏对途歌。

宦情对旅况，银鹿对铜驼①。

刺史鸭②，将军鹅③，玉律对金科④。

古堤垂亸柳⑤，曲沼长新荷。

命驾吕因思叔夜⑥，引车蔺为避廉颇⑦。

千尺水帘，今古无人能手卷；

一轮月镜，乾坤何匠用功磨。

注释：①银鹿：用白银制作的鹿。铜驼：用铜制作的骆驼。　②刺史鸭：杭州刺史李远喜吃绿头鸭，故云。　③将军鹅：晋代王羲之官至右将军，性好鹅，故云。　④玉律、金科：法律条例，不易变更，故名。　⑤亸（duǒ）：下垂。　⑥命驾吕因思叔夜：晋人吕因与嵇康友善，常驱车探望。　⑦引车蔺为避廉颇：战国赵相蔺相如不与廉颇争位，每有相遇则令回避。

霜对露，浪对波，径菊对池荷。

酒阑对歌罢^①，日暖对风和。

梁父咏^②，楚狂歌，放鹤对观鹅。

史才推永叔^③，刀笔仰萧何^④。

种橘犹嫌千树少^⑤，寄梅谁信一枝多。

林下风生，黄发村童推牧笠；

江头日出，皓眉溪叟晒渔蓑^⑥。

注释：①阑：尽，完。 ②梁父咏：乐府楚调曲名。相传诸葛亮曾作《梁父吟》。
③永叔：即北宋人欧阳修，字永叔，文学家兼史学家。 ④萧何：西汉开国功臣，
曾制《汉律》。 ⑤种橘：三国时期吴国丹阳太守李衡让人在宅边种千棵橘树，
他家后人因此而生活富裕。 ⑥皓眉：白色眉毛，指老人。蓑：草织的雨衣。

六　麻

松对柏，缕对麻，蚁阵对蜂衙。

赪鳞对白鹭①，冻雀对昏鸦。

白堕酒②，碧沉茶③，品笛对吹笳④。

秋凉梧堕叶，春暖杏开花。

雨长苔痕侵壁砌，月移梅影上窗纱。

飒飒秋风，度城头之觱篥⑤；

迟迟晚照，动江上之琵琶。

注释：①赪（chēng）：红色。　②白堕酒：泛指美酒。　③碧沉茶：泛指好茶。
④笳（jiā）：胡笳，一种乐器。　⑤觱篥（bì lì）：乐器，以竹为管，上开八孔。

优对劣，凸对凹，翠竹对黄花。

松杉对杞梓，菽麦对桑麻①。

山不断，水无涯，煮酒对烹茶。

鱼游池面水，鹭立岸头沙。

百亩风翻陶令秫②，一畦雨熟邵平瓜③。

闲捧竹根，饮李白一壶之酒④；

偶擎桐叶，啜卢仝七碗之茶⑤。

注释：①菽（shū）：豆类总称。②陶令：陶渊明。秫：酿酒用的谷物。③畦（qí）：古代称田五十亩为一畦。邵平瓜：古人邵平所种的瓜。④竹根：一种酒杯。⑤桐叶：一种桐叶形的盛茶的器具。七碗茶：唐代卢仝《茶歌》云：“七碗吃不得也，唯觉两腋习习清风生。”

吴对楚，蜀对巴，落日对流霞。

酒钱对诗债①，柏叶对松花。

驰驿骑②，泛仙槎③，碧玉对丹砂。

设桥偏送笋④，开道竟还瓜⑤。

楚国大夫沉汨水⑥，洛阳才子谪长沙⑦。

书箧琴囊，乃士流活计⑧；

药炉茶鼎，实闲客生涯。

注释：①酒钱：饮酒或买酒的钱。诗债：请他人索诗或要求合作，未及酬答，如同负债。　②驿骑：驿站用的马。　③仙槎：神话中能来往于海上和天河之间的竹木筏。④设桥偏送笋：南朝时有人偷范元琰家的笋，有水沟不得出，范乃为他搭桥，盗贼羞惭，把笋又送回来。　⑤开道竟还瓜：晋人桑虞为偷瓜的人开辟道路，使得小偷把瓜还了回来。　⑥楚国大夫沉汨水：屈原沉汨罗江而死。　⑦洛阳才子谪长沙：贾谊被贬谪到长沙。⑧书箧：竹制书箱。

七 阳

高对下，短对长，柳影对花香。

词人对赋客，五帝对三王①。

深院落，小池塘，晚眺对晨妆。

绛霄唐帝殿②，绿野晋公堂③。

寒集谢庄衣上雪④，秋添潘岳鬓边霜⑤。

人浴兰汤，事不忘于端午⑥；

客斟菊酒，兴常记于重阳⑦。

注释：①五帝：传说中上古的帝王。三王：指夏、商、周三代开国君王。 ②绛霄唐帝殿：传为五代时后唐庄宗李存勖所建宫殿。 ③绿野：即绿野堂，中唐名臣裴度在洛阳所建私家庄园。 ④谢庄：南朝宋的将军。 ⑤潘岳：西晋文学家。 ⑥兰汤：用兰草熬出的热水。 ⑦菊酒：相传在农历九月初九即重阳节喝菊花酒，可以避难。

尧对舜，禹对汤，晋宋对隋唐。

奇花对异卉，夏日对秋霜。

八叉手①，九回肠②，地久对天长。

一堤杨柳绿，三径菊花黄。

闻鼓塞兵方战斗，听钟宫女正梳妆③。

春饮方旧，纱帽半淹邻舍酒；

早朝初退，衮衣微惹御炉香④。

注释：①八叉手：两手相拱为叉。唐代文学家温庭筠才思敏捷，考试作赋叉手八次而成八韵。　②九回肠：愁肠反复翻转。比喻忧思郁结难解。　③听钟：南朝齐武帝时，宫人每闻钟鸣，皆起而梳妆。　④衮（gǔn）衣：古代帝王及王公绣龙的礼服。

荀对孟①，老对庄②，鞞柳对垂杨。

仙宫对梵宇③，小阁对长廊。

风月窟，水云乡，蟋蟀对螳螂。

暖烟香霭霭，寒烛影煌煌。

伍子欲酬渔父剑④，韩生尝窃贾公香⑤。

三月韶光，常忆花明柳媚；

一年好景，难忘橘绿橙黄。

注释：①荀、孟：荀子、孟子，儒家代表人物。　②老、庄：老子、庄子，道家代表人物。　③仙宫：神仙住的宫殿。梵宇：佛寺。　④伍子欲酬渔父剑：春秋时楚国人伍子胥被追杀逃亡，一渔翁用船救他渡江，伍胥赠剑而渔夫不受。　⑤韩生尝窃贾公香：晋代时宰相贾充之女与官员韩寿私通，偷走其父的西域奇香给韩寿。

八 庚

深对浅，重对轻，有影对无声。

蜂腰对蝶翅，宿醉对余酲①。

天北缺②，日东生，独卧对同行。

寒冰三尺厚，秋月十分明。

万卷书容闲客览，一樽酒待故人倾。

心侈唐玄，厌看霓裳之曲③；

意骄陈主，饱闻玉树之赓④。

注释：①余酲（chéng）：酒醒后神志不清，好像患了病的感觉。　②天北缺：传说西北天有缺，女娲氏炼石补天。　③霓裳之曲：指《霓裳羽衣曲》。唐玄宗时宫中的舞曲。　④玉树之赓：南朝陈后主时宫廷乐曲《玉树后庭花》。

虚对实，送对迎，后甲对先庚①。

鼓琴对舍瑟，搏虎对骑鲸。

金匼匝②，玉瑽琤③，玉宇对金茎④。

花间双粉蝶，柳内几黄莺。

贫里每甘藜藿味⑤，醉中厌听管弦声。

肠断秋闺，凉吹已侵重被冷；

梦惊晓枕，残蟾犹照半窗明。

注释：①后甲：《周易》中对卦象的解释。先庚：同上，所谓后甲三日，先庚三日。②金匼匝（kē zā）：金制的马络头。 ③瑽琤（cōng chēng）：象声词，形容玉石敲击的声音。 ④玉宇：华丽的官殿。金茎：承露盘的铜柱。 ⑤藜藿：两种野菜，泛指粗劣的饭菜。

渔对猎，钓对耕，玉振对金声。

雉城对雁塞①，柳堕对葵倾②。

吹玉笛，弄银笙，阮杖对桓筝③。

墨呼松处士④，纸号楮先生⑤。

露浥好花潘岳县⑥，风搓细柳亚夫营⑦。

抚动琴弦，遽觉座中风雨至⑧；

哦成诗句，应知窗外鬼神惊⑨。

注释：①雉（zhì）：古代计算城墙面积的单位，长三丈高一丈为一雉，后来也引申为城墙。雁塞：山名，在今陕西汉中一带。　②葵倾：葵花向日而倾斜。　③阮杖：即阮修杖，杖上常挂百钱。桓筝：东汉桓伊所弹之筝。　④松处士：墨的雅称。　⑤楮先生：纸的雅称。　⑥浥（yì）：湿润。　⑦亚夫营：汉代周亚夫的军营。　⑧"抚动琴弦"二句：晋代师旷善弹琴，风雨随之忽至，形容师旷弹琴有呼风唤雨之功力。⑨"哦成诗句"二句：用李白诗可泣鬼神典。吟诗使鬼神为之感泣，极言感人之深。

九 青

红对紫，白对青，渔火对禅扃。

唐诗对汉史，释典对仙经①。

龟曳尾②，鹤梳翎③，月榭对风亭④。

一轮秋夜月，几点晓天星。

晋士只知山简醉⑤，楚人谁识屈原醒⑥。

倦绣佳人，慵把鸳鸯文作枕⑦；

吮毫画者，思将孔雀写为屏⑧。

注释：①释典：佛教经典。仙经：道教经典。　②龟曳尾：乌龟拖着尾巴，比喻自由自在的隐居生活。　③翎：羽毛。　④榭：建于台上的屋子。　⑤山简：晋人山简嗜酒，号"醉山翁"。　⑥屈原醒：屈原曾说："众人皆醉我独醒！"说明楚国政治的腐朽。⑦鸳鸯文作枕：闺中绣女常在枕头上绣一对鸳鸯图案。　⑧孔雀写为屏：画孔雀于屏风上。后用作择婿之典。

行对坐，醉对醒，佩紫对纡青①。

棋枰对笔架，雨雪对雷霆。

狂蛱蝶，小蜻蜓，水岸对沙汀。

天台孙绰赋②，剑阁孟阳铭③。

传信子卿千里雁④，照书车胤一囊萤⑤。

冉冉白云，夜半高遮千里雁；

澄澄碧水，宵中寒映一天星。

注释：①纡（yū）：垂，系。 ②孙绰赋：东晋文学家孙绰曾作《天台山赋》。 ③孟阳：西晋文学家张载（字孟阳）曾作《剑阁铭》。 ④子卿：即苏武，字子卿。 ⑤车胤：晋人车胤，幼刻苦好学，家贫无力买油灯，便捉萤火虫，借助萤光夜读。

书对史，传对经，鹦鹉对鹡鸰①。

黄茅对白荻②，绿草对青萍③。

风绕铎④，雨淋铃⑤，水阁对山亭。

渚莲千朵白，岸柳两行青。

汉代宫中生秀柞⑥，尧时阶畔长祥蓂⑦。

一枰决胜，棋子分黑白；

半幅通灵，画色间丹青⑧。

注释：①鹡鸰（jí líng）：鸟类的一属。俗称张飞鸟。　②黄茅：一种茅草。白荻：一种
草本植物。　③青萍：水中浮萍。　④铎（duó）：一种大铃。亦为古代乐器。　⑤雨淋铃：
亦作"雨霖铃"。唐玄宗路途中遇雨，而闻栈道铃声，乃作《雨霖铃》曲，以悼念杨
贵妃。　⑥秀柞（zuò）：预示祥瑞的柞树。汉代宫庭苑囿中生有一奇特柞树，五柞呈
环抱状。　⑦祥蓂（míng）：古代传说中一种瑞草。　⑧丹青：绘画的颜料。

十 蒸

新对旧，降对升，白犬对苍鹰。

葛巾对藜杖，涧水对池冰。

张兔网，挂鱼罾①，燕雀对鹍鹏②。

炉中煎药水，窗下读书灯。

织锦逐梭成舞凤③，画屏误笔作飞蝇④。

宴客刘公，座上满斟三雅爵⑤；

迎仙汉帝，宫中高插九光灯⑥。

注释：①罾（zēng）：方形渔网。　②鹍鹏：传说中的大鸟。　③舞凤：一种凤凰锦。
④画屏误笔作飞蝇：三国吴时有画师宫中作屏风画，误落一点墨痕，乃顺势画成一只
苍蝇，孙权见了，以为是真的，还用手去弹它。　⑤三雅：汉末荆州刘表有三只喝酒
用的爵，称三雅。　⑥九光灯：相传汉武帝曾在宫中点燃九光灯以迎接西王母。

儒对士，佛对僧，面友对心朋。

春残对夏老，夜寝对晨兴。

千里马，九霄鹏①，霞蔚对云蒸②。

寒堆阴岭雪，春泮水池冰。

亚父愤生撞玉斗③，周公誓死作《金滕》④。

将军元晖，莫怪人讥为饿虎；

侍中卢昶，难逃世号作饥鹰⑤。

注释：①九霄鹏：在高空翱翔的大鹏鸟，比喻非同寻常的人才。　②霞蔚：云霞盛起。
③亚父愤生撞玉斗：鸿门宴上，亚父范增因项羽不听劝告，撞碎玉斗。　④《金滕》：
《尚书》中的一篇，为周公所作。　⑤"将军元晖"四句：北魏将军元晖与侍中卢昶贪
欲无度，鱼肉百姓，人号"饿虎将军、饥鹰侍中"。

规对矩，墨对绳，独步对同登。

吟哦对讽咏，访友对寻僧。

风绕屋，水襄陵①，紫鹄对苍鹰②。

鸟寒惊夜月，鱼暖上春冰③。

扬子口中飞白凤④，何郎鼻上集青蝇⑤。

巨鲤跃池，翻几重之密藻；

颠猿饮涧，挂百尺之垂藤。

注释：①襄陵：大水漫过丘陵。　②紫鹄（hú）：一种水鸟名，俗称天鹅。　③春冰：孟春之月，鱼浮出冰面。　④扬子口中飞白凤：汉代扬雄梦见口中吐出白凤。　⑤何郎鼻上集青蝇：曹魏人何晏梦见青蝇停在鼻子尖上。

十一 尤

荣对辱，喜对忧，夜宴对春游。

燕关对楚水，蜀犬对吴牛①。

茶敌睡，酒消愁，青眼对白头。

马迁修《史记》②，孔子作《春秋》③。

适兴子猷常泛棹④，思归王粲强登楼⑤。

窗下佳人，妆罢重将金插鬓；

筵前舞妓，曲终还要锦缠头⑥。

注释：①蜀犬：相传蜀地多雨少晴，犬见日出以为稀奇，于是狂吠不止。吴牛：吴地牛怕热，见了月亮也以为是太阳，禁不住气喘，"吴牛喘月"就由此而来。 ②马迁：即西汉史学家司马迁，著有《史记》。 ③《春秋》：儒家经典，编年体史书名。相传孔子据鲁史修订而成。 ④子猷：王羲之的儿子王徽之，常泛舟去剡溪看望好友。⑤王粲：三国时期人，曾作《登楼赋》。 ⑥锦缠头：泛指赠给女妓的财物，杜甫有"笑时花近眼，舞罢锦缠头"之句。

唇对齿，角对头，策马对骑牛。

毫尖对笔底，绮阁对雕楼。

杨柳岸，荻芦洲，语燕对啼鸠。

客乘金络马^①，人泛木兰舟^②。

绿野耕夫春举耜，碧池渔父晚垂钩。

波浪千层，喜见蛟龙得水；

云霄万里，惊看雕鹗横秋^③。

注释：①络：马笼头，用黄金装饰，名曰金络。 ②木兰：一种树，后常指舟。 ③雕鹗：两种能飞的猛禽。

庵对寺^①，殿对楼，酒艇对渔舟。

金龙对彩凤，豮豕对童牛^②。

王郎帽^③，苏子裘^④，四季对三秋。

峰峦扶地秀，江汉接天流^⑤。

一湾绿水渔村小，万里青山佛寺幽。

龙马呈河，羲皇阐微而画卦^⑥；

神龟出洛，禹王取法以陈畴^⑦。

注释：①庵：尼姑修行的寺院。寺：佛教寺院。　②豮（fén）豕：去势（阉割）的大猪。童牛：还未长出角的小牛犊。　③王郎：晋美男子王濛。　④苏子：战国纵横家苏秦。　⑤江汉：泛指江河。　⑥"龙马呈河"二句：相传龙马自河中负图而出，伏羲根据它画成八卦。　⑦"神龟出洛"二句：传说中神龟自洛水负书而出，夏禹据洛书写《洪范》九畴。

十二 侵

眉对目，口对心，锦瑟对瑶琴。

晓耕对寒钓，晚笛对秋砧①。

松郁郁，竹森森，闵损对曾参②。

秦王亲击缶③，虞帝自挥琴。

三献卞和尝泣玉④，四知杨震固辞金⑤。

寂寂秋朝，庭叶因霜摧嫩色；

沉沉春夜，砌花随月转清阴。

注释：①砧（zhēn）：捶打东西时的垫子，这里指捶打砧子发出的声音。 ②闵损：春秋鲁国人，孔子弟子，名损，字子骞，以孝悌著称。曾参：春秋鲁国人，孔子的弟子，也以孝著称。 ③缶：古代一种盛酒瓦器，亦可用作打击乐器。 ④卞和：战国时楚人，得到一块美玉献给楚厉王，厉王以为是石头，砍去了卞和的左脚，后又被楚武王砍掉右脚。文王时，卞和抱着玉在荆山下痛哭，后来楚文王使人对璞石进行加工，果然得到一块美玉，称为"和氏璧"。 ⑤杨震：东汉的名士，为官清廉。

前对后，古对今，野兽对山禽。

犍牛对牝马①，水浅对山深。

曾点瑟②，戴逵琴③，璞玉对浑金④。

艳红花弄色，浓绿柳敷阴。

不雨汤王方剪爪⑤，有风楚子正披襟⑥。

书生惜壮岁韶华，寸阴尺璧⑦；

游子爱良宵光景，一刻千金⑧。

注释：①犍（jiān）牛：阉过的牛。牝（pìn）马：母马。 ②曾点：孔子的弟子。
③戴逵：晋时人，善于演奏琴。 ④璞玉、浑金：未经雕刻的玉，未经提炼的金。
比喻天然美质，未加修饰。 ⑤不雨汤王方剪爪：商汤时遇大旱，汤王自剪指甲和
头发，向天祈雨。 ⑥有风楚子正披襟：楚襄王游兰台宫，忽然来了一阵凉风，楚
襄王敞开衣襟感受凉风。 ⑦寸阴：一寸光阴一寸金，形容时间之宝贵。 ⑧一刻：
短暂的时间。

丝对竹①，剑对琴，素志对丹心②。

千愁对一醉，虎啸对龙吟③。

子罕玉④，不疑金⑤，往古对来今。

天寒邹吹律⑥，岁旱傅为霖⑦。

渠说子规为帝魄⑧，侬知孔雀是家禽⑨。

屈子沉江，处处舟中争系粽⑩；

牛郎渡渚，家家台上竞穿针⑪。

注释：①丝：弦奏乐器。竹：竹管乐器。　②素志：平素的志愿。丹心：赤诚的心。
③虎啸：虎吼叫，能引起八面生风。龙吟：龙叫之声。　④子罕玉：子罕是春秋时宋
国大夫，有人献玉给他，他辞之不受，说我以不贪为宝。　⑤不疑金：汉代人直不疑，
别人怀疑他偷金，直不疑不予争辩，拿出自己的钱还了他，待此人找到金子后，深感
惭愧。　⑥天寒邹吹律：战国齐人邹衍在天气寒冷时，吹奏律管，天气转暖，万物都
开始生长。　⑦岁旱傅为霖（lín）：殷高宗请傅说为相，对他说："对我来说你是磨刀
石、过河船，若是大旱，你就是我的及时雨。"　⑧子规：杜鹃鸟。帝魄：蜀国国王杜
宇，传说其死后化为鹃鸟，故曰杜鹃鸟。　⑨侬知孔雀是家禽：梁代杨姓神童，一位
姓孔的客人来家拜访，看到桌子上的杨梅，笑着说："这是你家自种的吧？"杨姓神童
（与杨梅同姓杨）应声而道："没听说过孔雀是您的家禽啊！"　⑩系粽：屈原投汨罗江
自沉后，楚国人为哀悼他，以糯米为粽，系于船上给鱼吃，使鱼不伤屈原。　⑪穿针：
牛郎织女相会的日子，妇女便于台上手执针线而穿之，以祈求自己变得心灵手巧。

十三　覃

千对百，两对三，地北对天南。

佛堂对仙洞，道院对禅庵。

山泼黛①，水浮蓝，雪岭对云潭。

凤飞方翙翙②，虎视已眈眈③。

窗下书生时讽咏，筵前酒客日耽酣。

白草满郊，秋日牧征人之马；

绿桑盈亩，春时供农妇之蚕。

注释：①黛：墨绿色。　②翙翙（huì）：鸟飞的声音。　③眈眈（dān）：贪婪而凶狠地注视。

将对欲，可对堪，德被对恩覃①。

权衡对尺度，雪寺对云庵。

安邑枣②，洞庭柑③，不愧对无惭。

魏徵能直谏④，王衍善清谈⑤。

紫梨摘去从山北⑥，丹荔传来自海南⑦。

攘鸡非君子所为，但当月一⑧；

养狙是山公之智，止用朝三⑨。

注释：①德被：恩德广布。覃（tán）：延伸到。　②安邑：古代都邑名。在今山西运城夏县。　③洞庭柑：洞庭湖周围地区盛产柑橘。　④魏徵：唐太宗的大臣，以敢于直言进谏出名。　⑤王衍：西晋名士，琅琊人。清谈：汉末至南朝间，士人喜谈老庄之道，又称玄谈。　⑥紫梨：传说中的一种名贵梨子，为仙界之物，大如瓜，千年开一次花。　⑦丹荔：荔枝。　⑧攘鸡：偷鸡。月一：月偷一只鸡。　⑨养狙（jū）：养猴子，此成语"朝三暮四"之典。

中对外，北对南，贝母对宜男①。

移山对浚井②，谏苦对言甘。

千取百，二为三，魏尚对周堪③。

海门翻夕浪④，山市拥晴岚⑤。

新缔直投公子纻⑥，旧交犹脱馆人骖⑦。

文达淹通，已叹冰兮寒过水⑧；

永和博雅，可知青者胜于蓝⑨。

注释：①贝母：一种中药。宜男：萱草，古人认为孕妇佩带它则可以生男孩。　②移山：移动山者。成语"愚公移山"之典。浚井：疏井。　③魏尚：西汉时将军，防御匈奴有功。周堪：西汉后期学者。　④海门：入海口。　⑤晴岚：晴日山中的雾气。　⑥新缔直投公子纻：战国子产以纻衣回赠新友吴公子季札，比喻友谊深厚。纻，用麻织成的衣服。　⑦旧交犹脱馆人骖（cān）：孔子到卫国去，遇到旧友办丧事，便解下驾车的马，送给朋友用。　⑧"文达淹通"二句：唐人盖文达的学问超过了老师，老师叹道："冰生于水，而寒于水。"　⑨"永和博雅"二句："青出于蓝而胜于蓝"之典。

十四 盐

悲对乐，爱对嫌，玉兔对银蟾①。

醉侯对诗史②，眼底对眉尖。

风习习③，月纤纤，李苦对瓜甜。

画堂施锦帐，酒市舞青帘。

横槊赋诗传孟德④，引壶酌酒尚陶潜⑤。

两曜迭明，日东生而月西出；

五行式序，水下润而火上炎⑥。

注释：①玉兔、银蟾：指月亮。　②醉侯：对好酒善饮者的美称。诗史：指能反映某一时期重大社会事件，有历史意义的诗歌。　③习习（xí）：风轻轻地吹。　④槊：长矛。孟德：曹操的字。　⑤引壶酌酒尚陶潜：人们崇尚陶渊明举着酒壶自斟自饮的旷达行为。　⑥五行：水、火、木、金、土。

如对似，减对添，绣幕对朱帘。

探珠对献玉①，鹭立对鱼潜。

玉屑饭②，水晶盐，手剑对腰镰。

燕巢依邃阁，蛛网挂虚檐。

夺槊至三唐敬德③，弈棋第一晋王恬④。

南浦客归，湛湛春波千顷净；

西楼人悄，弯弯夜月一钩纤。

注释：①探珠："探骊得珠"之典。献玉："卞和献玉"之典。　②玉屑饭：传说中以玉屑做的饭，食之可无疾。　③夺槊至三唐敬德：唐代武将尉迟敬德善于使槊（一种兵器），他曾与齐王相搏为戏，敬德三次从齐王手中夺下了槊。　④弈棋第一晋王恬：王恬为东晋大臣王导的儿子，善下棋，号称东晋第一。

逢对遇，仰对瞻，市井对间阖①。

投簪对结绶②，握发对掀髯③。

张绣幕，卷珠帘，石碏对江淹④。

宵征方肃肃⑤，夜饮已厌厌⑥。

心褊小人长戚戚⑦，礼多君子屡谦谦。

美刺殊文，备三百五篇诗咏⑧；

吉凶异画，变六十四卦爻占⑨。

注释：①间阖：里巷内外的门。　②投簪：丢下固定冠用的簪子，意即弃官。结绶：佩系印绶，指出仕做官。　③握发：比喻为国礼贤下士，殷切求才。掀髯：笑时启口张须，形容激动的样子。　④石碏（què）：春秋时卫国大夫。江淹：南朝文学家，号称江郎。　⑤宵征：夜行。　⑥厌厌：形容饮酒安乐的样子。　⑦心褊：心胸狭窄。戚戚：郁郁寡欢。　⑧三百五篇：即《诗经》。　⑨六十四卦：《周易》有六十四卦象。

十五 咸

清对浊，苦对咸，一启对三缄①。

烟蓑对雨笠，月榜对风帆。

莺睍睆②，燕呢喃，柳杞对松杉。

情深悲素扇③，泪痛湿青衫④。

汉室既能分四姓⑤，周朝何用叛三监⑥。

破的而探牛心，豪矜王济⑦；

竖竿以挂犊鼻，贫笑阮咸⑧。

注释：①缄：封口之意。形容说话极其谨慎，不轻易开口。 ②睍睆（xiàn huǎn）：美丽貌。 ③情深悲素扇：汉代宫人班婕妤失宠，乃赋诗于扇，抒其情怀。 ④青衫：出自白居易诗《琵琶行》之典，诗云："座中泣下谁最多，江州司马青衫湿。" ⑤四姓：东汉外戚：樊、郭、阴、马四姓。 ⑥三监：周武王灭商之后，建立三个侯国监视商王之旧族。 ⑦"破的而探牛心"二句：西汉时期侍中王济以千万钱与王恺赌射箭，要求王恺以"八百里驳"牛为筹码。王济先射，一箭中，因而命令人将牛心取来吃了。 ⑧阮咸：晋人，在院中竖立竹竿，上面挂犊鼻（短裤）。

能对否，圣对贤，卫瓘对浑瑊①。

雀罗对鱼网，翠巘对苍岩②。

红罗帐，白布衫，笔格对书函③。

蕊香蜂竞采，泥软燕争衔。

凶孽誓清闻祖逖④，王家能义有巫咸⑤。

溪叟新居，渔舍清幽临水岸；

山僧久隐，梵宫寂寞倚云岩。

注释：①卫瓘：西晋人，工于草书。浑瑊（jiān）：唐代名将，善骑射。 ②巘（yǎn）：山峰。 ③笔格：搁笔的架子。书函：书信。 ④祖逖：东晋名将，成语"闻鸡起舞"即是指他。 ⑤巫咸：传说中的神巫。

冠对带，帽对衫，议鲠对言谗①。

行舟对御马，俗弊对民嵓②。

鼠且硕③，兔多毚④，史册对书缄。

塞城闻奏角，江浦认归帆。

河水一源形弥弥⑤，泰山万仞势岩岩⑥。

郑为武公，赋缁衣而美德⑦；

周因巷伯，歌贝锦以伤谗⑧。

注释：①议鲠：敢于直谏者，被称为"骨鲠之臣"，不吐不快。谗：造谣生非的谗言。
②民嵓（yán）：民情险恶。　③硕：大。　④毚（chán）：狡猾。　⑤弥弥：形容水
深且满的样子。　⑥岩岩：山势高峻貌。　⑦缁衣：古代用黑色帛做的朝服。　⑧贝
锦：古代有贝形花纹的锦，喻指诬陷的谗言。

千家诗

五言绝句

春 晓

孟浩然

春眠不觉晓①，处处闻啼鸟。
夜来风雨声，花落知多少。

作者简介：孟浩然，襄州襄阳（今湖北襄樊）人，盛唐著名田园诗人。有《孟浩然集》。

注释：①晓：天亮。

译文：春天的早晨，我在不知不觉中醒来，窗外到处都是百鸟的叫声。想起昨晚的风雨声，不知道打落了多少盛开的花朵。

访袁拾遗不遇①

孟浩然

洛阳访才子，江岭作流人②。
闻说梅花早，何如此地春！

注释：①袁拾遗：袁瓘，作者的朋友，曾任拾遗。 ②江岭：大庾（yǔ）岭，位于今广东、江西交界处。流人：因犯法而被流放的人。

译文：我去洛阳寻访朋友，没想到他却被流放到大庾岭了。听说那里的梅花开得很早，但是哪里能比得上洛阳的春色呢！

送郭司仓①

王昌龄

映门淮水绿，留骑主人心。
明月随良掾②，春潮夜夜深。

作者简介：王昌龄，唐朝著名诗人，以七言绝句扬名诗坛。

注释：①司仓：官名，是管理粮食的官员。 ②掾（yuàn）：古代府、州、县属官的通称，这里指郭司仓。

译文：碧绿的淮水映照着门楣，主人诚心挽留客人。客人在皎洁的月光中踏上旅程，我思念朋友的真情一夜比一夜深。

洛阳道

储光羲

大道直如发①，春日佳气多②。
五陵贵公子③，双双鸣玉珂④。

作者简介：储光羲，唐朝诗人，擅长田园诗。

注释：①直如发：像头发一样直长平坦。 ②佳气：晴朗的天气。 ③五陵：指长陵、安陵、阳陵、茂陵、平陵，是汉朝五个著名的帝王墓。因汉朝皇帝每建陵墓，都迁四方的富豪人家到陵墓附近居住，故后世诗文常用五陵指富豪聚居地。 ④玉珂：马络头上的装饰品。

译文：洛阳大道笔直如头发，繁华都市处处是春色。五陵豪门的纨绔子弟，骑马出游，马身上佩戴的玉佩发出清脆的撞击声。

独坐敬亭山①

李 白

众鸟高飞尽，孤云独去闲②。
相看两不厌，只有敬亭山。

作者简介：李白，字太白，号青莲居士，祖籍陇西，长于四川，官至翰林学士，盛唐诗坛代表作家，天才诗人。其诗飘逸豪放，才气纵横，世称"诗仙"。有《李太白全集》传世。

注释：①敬亭山：在今安徽宣城市北。 ②闲：悠闲。

译文：天空的飞鸟已经远去无踪，长空的一片云也悠闲飘去。和我两相凝视，毫不生厌的只有眼前的敬亭山了。

登鹳雀楼①

王之涣

白日依山尽，黄河入海流。
欲穷千里目②，更上一层楼③。

作者简介：王之涣，唐朝人，以边塞诗著称，可惜传世之作很少，但篇篇有名。

注释：①鹳雀楼：在今山西永济市。　②穷：穷尽。　③更：再。

译文：一轮落日慢慢向西山沉下，滔滔的黄河流进大海。想要看到千里之外的地方，就要再登上一层楼。

观永乐公主入蕃①

孙 逖

边地莺花少②，年来未觉新。
美人天上落③，龙塞始应春④。

作者简介：孙逖（tì），唐朝诗人。

注释：①蕃（bō）：唐时对吐蕃的简称。　②莺花：黄莺和花卉，是春天的象征。
③美人：指永乐公主。　④龙塞：龙城，泛指边塞地区。

译文：边塞上听不见黄莺，也看不到花开，新年到来时，更感觉不到新春的气象。今天，永乐公主嫁到边塞，就像天女下凡，使这苦寒之地有春天了。

左掖梨花①

丘 为

冷艳全欺雪②，余香乍入衣③。

春风且莫定，吹向玉阶飞。

作者简介：丘为，唐朝诗人。

注释：①左掖：唐时门下省，中央政机机构，设于禁宫附近。　②欺：压过，胜过。
③乍：突然。

译文：冷艳的梨花超过了晶莹的雪花，它的花香一下就侵入衣服里。春风啊，请你不
要停，把这散发清香的梨花吹向皇宫的玉阶吧。

思君恩

令狐楚

小苑莺歌歇①，长门蝶舞多②。

眼看春又去，翠辇不曾过③。

作者简介：令狐楚，唐朝诗人，官至宰相。

注释：①小苑：皇家花园。　②长门：长门宫，西汉时陈皇后失宠贬居之地。　③翠辇：
皇帝坐的车。

译文：皇家花园里的黄莺停止了唱歌，长门宫的蝴蝶翩翩起舞。眼看着春天又将离
去，而皇帝的车子却不曾来过。

题袁乐别业①

贺知章

主人不相识，偶坐为林泉。
莫谩愁沽酒②，囊中自有钱。

作者简介：贺知章，唐朝著名诗人，累迁至太子宾客、银青光禄大夫兼正授秘书监。

注释：①别业：指别墅。　②谩：通"慢"，怠慢、轻视。沽：买。

译文：我和袁氏别墅的主人并不相识，只是因为林泉的美景才停下来观赏。主人，你不必以为我没钱买酒而轻视我，我的袋子里有足够的买酒钱。

夜送赵纵

杨　炯

赵氏连城璧①，由来天下传②。
送君还旧府，明月满前川。

作者简介：杨炯，"初唐四杰"之一。

注释：①赵氏连城璧：赵国价值连城的和氏璧，此处用"赵氏"喻指赵纵，用"连城璧"喻指其才华。　②由来：从来。

译文：赵国价值连城的美玉，历来就天下闻名。我送你回故乡，明月洒满了原野，照耀着你的前途。

竹里馆①

王　维

独坐幽篁里②，弹琴复长啸。
深林人不知，明月来相照。

作者简介：王维，字摩诘。唐朝著名诗人，多才多艺，精通诗书音画。晚年亦官亦隐，吃斋奉佛。他的诗在艺术上有很高的成就，其山水田园诗，尤为后人称道。

注释：①竹里馆：作者建造在辋川的别墅，名为竹里馆。　②篁：竹林。

译文：独自坐在寂静的竹林里，一边弹琴，一边吹吹口哨。虽然林深没人知道，但有明月殷勤来相照。

送朱大入秦①

孟浩然

游人五陵去，宝剑值千金。
分手脱相赠②，平生一片心。

注释：①朱大：作者友人。　②脱：解下。

译文：朋友你要去五陵，我这把宝剑价值千金。与你分别，把它送给你，这是我的一片心意。

长干行

崔 颢

君家何处住，妾住在横塘。
停船暂借问，或恐是同乡。①

作者简介：崔颢，唐朝诗人，开元年间进士。诗风前期艳丽，后期雄浑。七律《黄鹤楼》是其名篇。

注释：①或恐：也许，可能。

译文：你家住在哪里？我家住在横塘。我停下船打听一下，也许我们是同乡呢。

咏 史

高 适

尚有绨袍赠①，应怜范叔寒②。
不知天下士，犹作布衣看③。

作者简介：高适，唐代著名边塞诗人。

注释：①绨袍：丝制长袍。　②范叔：战国时秦国宰相范雎，原为须贾门客，后二人交恶。范雎做了秦国宰相，须贾出使秦国时，范雎穿着破衣服，伪装成贫士去见他，须贾以为范雎落难，以绨袍相赠。当他知道范雎就是秦国宰相后，立即前往谢罪。范雎因为绨袍之事，便没有杀他。　③布衣：平民百姓，贫寒之士。

译文：像须贾这样的小人尚且能赠送绨袍，就更应该同情范雎的贫寒了。现在的人不知道像范雎这样的天下治世奇才，把他当成普通人看待。

逢侠者

钱　起

燕赵悲歌士^①，相逢剧孟家^②。
寸心言不尽，前路日将斜。

作者简介：钱起，唐朝诗人，"大历十才子"之一。

注释：①燕赵：战国七雄中的两国，在今河北省一带。悲歌士：意气慷慨激昂的侠士。
②剧孟：汉朝著名侠士。

译文：燕赵两地多慷慨悲歌的侠士，我们相逢在剧孟的故乡洛阳。我们倾心交谈，相
见恨晚，无奈天色将晚，只好分别而去。

江行望匡庐^①

钱　起

咫尺愁风雨^②，匡庐不可登。
只疑云雾窟，犹有六朝僧^③。

注释：①匡庐：庐山。　②咫尺：八寸为咫，咫尺是形容距离很近。　③六朝：指东
吴、东晋、宋、齐、梁、陈六个朝代。

译文：船行九江，风雨不止，只能对着近在咫尺的庐山发愁。在庐山云雾笼罩的山顶
小屋中，也许还住着六朝的高僧吧。

答李浣

韦应物

林中观易罢^①，溪上对鸥闲。
楚俗饶词客^②，何人最往还^③。

作者简介：韦应物，唐朝诗人，曾任苏州刺史，故时人称之"韦苏州"。

注释：①易：《易经》，儒家经典著作之一。　②饶：丰饶，多。　③何人最往还：和什么人来往最密切。

译文：我在林间读完《易经》，疲倦了就闲坐在溪边观看沙鸥嬉戏。楚地人才荟萃，不知道谁是你最亲近的人。

秋风引^①

刘禹锡

何处秋风至，萧萧送雁群。
朝来入庭树，孤客最先闻^②。

作者简介：刘禹锡，字梦得，唐代文学家、哲学家，有"诗豪"之称。有《刘梦得集》传世。

注释：①引：乐府琴曲歌词之一。　②孤客：羁旅在外的人。

译文：秋风是从哪里来的呢，萧瑟地送来雁群。清晨秋风吹入庭院，树木摇动，孤身在外的人最先听到。

秋夜寄丘员外

韦应物

怀君属秋夜^①，散步咏凉天。
山空松子落，幽人应未眠^②。

注释：①怀：思念。　②幽人：清幽高雅的隐者。

译文：在这个秋凉如水的夜，我想念朋友，夜不能寐，在庭院里散步徘徊咏叹凉爽的秋天。寂静的山中传来松子落地的声音，遥想你应该还未入睡。

秋日湖上

薛　莹

落日五湖游^①，烟波处处愁。
浮沉千古事，谁与问东流。

作者简介：薛莹，唐朝诗人，生卒年、籍贯不详。有《洞庭诗集》一卷。

注释：①五湖：指太湖。

译文：秋日傍晚，泛舟太湖，处处寒烟笼罩，使人愁绪满怀。古往今来，世事如江水东流，历史的风风雨雨，不必过问评说。

寻隐者不遇

贾 岛

松下问童子，言师采药去。
只在此山中，云深不知处。

作者简介：贾岛，唐朝诗人，早年为僧，后还俗，与孟郊同以"苦吟"著名，后人以"郊寒岛瘦"喻其诗之风格。

译文：我在松树下问一个童子，他说老师采药去了。他只知道老师就在这座山里，但是山中云雾缭绕，不知道他究竟在哪里。

汾上惊秋

苏 颋

北风吹白云，万里渡河汾①。
心绪逢摇落②，秋声不可闻。

作者简介：苏颋（tǐng），唐朝诗人。有《苏许公集》。

注释：①汾：汾河，这里指汾河流入黄河的入河口。　②摇落：凋落。

译文：西北风把白云吹得满天翻滚，我要渡过汾河到万里之外的地方去。心绪伤感惆怅，又逢草木摇落凋零，再也不想听到这萧瑟的秋风。

蜀道后期

张 说

客心争日月^①，来往预期程。

秋风不相待，先至洛阳城。

作者简介：张说，唐朝诗人，曾任宰相。有《张燕公集》。

注释：①客心争日月：旅客漂泊异乡，归心似箭，争分夺秒赶路。

译文：客居思归的心总在争取时间，什么时候出发，什么时候回家都做了计划。谁知秋风并不等我，而是抢先一步到了洛阳城。

静夜思^①

李 白

床前明月光，疑是地上霜。

举头望明月，低头思故乡。

注释：①此诗平白如话，为怀乡名篇。

译文：皎洁的月光洒到窗户纸上，我以为是地上起了浓霜。抬头望去，一轮明月当空挂着，我低下头来，想起了故乡。

秋浦歌①

李 白

白发三千丈，缘愁似个长②。

不知明镜里，何处得秋霜。

注释：①秋浦：地名，在今安徽池州贵池区。　②缘：为何。个：这样。

译文：白发有三千丈长，因为我的愁意也有这样长。照镜子的时候，我感到惊讶，不知道是什么忧愁使自己白发如秋霜一般。

赠乔侍御

陈子昂

汉廷荣巧宦①，云阁薄边功②。

可怜骢马使③，白首为谁雄？

作者简介：陈子昂，字伯玉，初唐诗文革新人物之一。

注释：①汉廷：这里指唐朝。荣：宠幸。巧宦：善于投机逢迎的官员。　②云阁：云台阁和麒麟阁，是汉朝展览功臣绘像的地方。薄：不重视。边功：在边塞立功。　③骢（cōng）马使：汉桓典为御史，有威名，常骑骢马，人称骢马御史，这里指戍守边地的将领。

译文：朝廷只让那些善于钻营的官吏得到荣耀，云台阁和麒麟阁里，为国杀敌的将帅却没有地位。可怜像汉桓典那样正直忠心的御史，奋斗一生却得不到重用，最后只得满头白发，这到底是为谁称雄呢？

答武陵太守

王昌龄

仗剑行千里，微躯敢一言^①。
曾为大梁客^②，不负信陵恩^③。

注释：①微躯：谦称自己。　②大梁客：战国时魏国侠士侯嬴，原来是看守大梁（魏都，今河南省开封市）东门的官司吏，后成为信陵君的门客。在秦兵围赵时，赵向魏求救，魏王按兵不动。侯嬴为信陵君谋划窃取兵符救赵，解得其围。　③信陵：战国时魏国的信陵君，以供养门客著名。

译文：我就要佩剑行千里，临别时我冒昧地向您说，我愿像大梁守门的侯嬴一样忠心，不忘信陵君的恩德。

行军九日思长安故园

岑　参

强欲登高去^①，无人送酒来。
遥怜故园菊，应傍战场开。

作者简介：岑参，唐朝著名边塞诗人。

注释：①登高：旧时风俗，重阳节登高、饮酒、赏菊。

译文：我勉强去登高，却没有人给我送酒。遥遥地思念故乡家园中的菊花，现在应该在战场边盛开了吧。

婕妤怨①

皇甫冉

花枝出建章②，凤管发昭阳③。
借问承恩者④，双蛾几许长⑤。

作者简介：皇甫冉，唐朝著名诗人，"大历十才子"之一。天宝年间进士。

注释：①婕妤（jié yú）：妃嫔称号。 ②花枝：美人，指得宠的嫔妃。建章：汉朝宫殿名。③凤管：笙箫或笙箫之乐的美称。昭阳：汉朝宫殿名。 ④承恩者：受皇帝宠爱的妃子。 ⑤双蛾：两条蛾眉。

译文：打扮得花枝招展的宫女，从建章宫里出来了；昭阳殿上，皇家的乐队奏出美妙的音乐。请问这些新得宠的美人们，你们的那一双双蛾眉究竟能画多长呢。

题竹林寺

朱 放

岁月人间促①，烟霞此地多。
殷勤竹林寺②，更得几回过。

作者简介：朱放，唐朝诗人，长期隐居。

注释：①促：短促。②殷勤：留恋。竹林寺：寺庙名，在江西庐山。

译文：人生苦短，岁月匆匆，烟雾缭绕，此处美景多。情谊深厚的竹林寺啊，我不知道今后能否再来游此地了。

三闾庙①
戴叔伦

沅湘流不尽②，屈子怨何深③。
日暮秋风起，萧萧枫树林。

作者简介：戴叔伦，唐朝诗人，"大历十才子"之一。其诗多表现隐逸生活和闲适情调。

注释：①三闾庙：屈原为三闾大夫，敬祀他的庙称为三闾庙。　②沅湘：沅江和湘江。
③屈子：即屈原，战国楚人，著名诗人，被楚怀王流放，后投汨罗江而死。

译文：沅湘的滔滔流水无穷无尽，而屈原的哀怨却很深。天色已晚，萧瑟的秋风乍
起，吹得枫树林一派凄凉。

易水送别
骆宾王

此地别燕丹①，壮士发冲冠②。
昔时人已没，今日水犹寒。

作者简介：骆宾王，唐朝诗人，"初唐四杰"之一。有《骆宾王集》。

注释：①此地别燕丹：战国时荆轲受命刺秦王，燕太子丹在易水为他送别。此处用的
是这一典故。　②发冲冠：愤怒得头发直竖，将帽子顶起来。

译文：荆轲在易水边告别前来送行的燕太子丹，他的头发竖立，神情悲壮。原来的人
都已经消失不见，而今的易水还是那么寒冷。

别卢秦卿
司空曙

知有前期在^①，难分此夜中^②。
无将故人酒^③，不及石尤风^④。

作者简介：司空曙，唐朝诗人，"大历十才子"之一。

注释：①前期：约好再见面的日期。 ②难分此夜中：今夜难舍难分。 ③无将故人酒：不要拒绝老朋友的酒宴。 ④石尤风：传说古代有石姓妇人，嫁给尤姓商人，丈夫外出经商，一直没有回家，后思夫成疾，临死发誓变成大风阻止开船。石尤风，即为阻止开船的风，喻挽留之意。

译文：虽然我们约好了再相会的日期，但是今夜还是难以和你分别。不要将这杯朋友的酒，看得不如那"石尤风"。

答 人
太上隐者

偶来松树下，高枕石头眠。
山中无历日^①，寒尽不知年。

作者简介：太上隐者，唐朝人，生平不详。

注释：①历日：也叫历书，现称日历。

译文：我只是偶然来到松树的下面，疲倦了就枕在石头上睡一觉。深山里从来没有日历，寒气稍尽时，我都不知道是哪年呢。

五言律诗

春夜别友人

陈子昂

银烛吐青烟，金尊对绮筵①。
离堂思琴瑟，别路绕山川。
明月隐高树，长河没晓天②。
悠悠洛阳去，此会在何年。

注释：①金尊：精美的酒杯。绮筵：丰盛的宴席。②没：消失。

译文：银白色的蜡烛在静夜里吐着青烟，将要分别的朋友拿着美酒，面对着丰盛的宴席。厅堂里响着琴瑟哀怨的声音，分别后的道路曲折，环山绕川。明月隐入高高的树梢，银河淹没在破晓的曙光中。你将沿着那条悠长的洛阳古道离去，不知何年我们能再相聚。

长宁公主东庄侍宴

李 峤

别业临青甸^①，鸣銮降紫霄^②。

长筵鹓鹭集^③，仙管凤凰调^④。

树接南山近，烟含北渚遥。

承恩咸已醉^⑤，恋赏未还镳^⑥。

作者简介：李峤，初唐诗人，"文章四友"之一。有《李峤集》。

注释：①别业：别墅。青甸：青色的郊原。 ②鸣銮：皇帝坐车为銮，车上装有鸣铃。
紫霄：本指天，此指皇宫。 ③鹓鹭：为两种鸟，这里指文武百官，朝见皇帝时秩序
井然。 ④仙管：管乐的美称。 ⑤咸：都。 ⑥还镳（biāo）：即坐车马回去。镳，
马衔，代指车马。

译文：皇帝到公主的别墅东庄，就像神仙从天而降。百官们列队迎候着降驾的天子，
管弦吹奏着美妙的音乐。别墅里的树木高大苍翠，与邻近的终南山连接在一起，庄园
里云蒸霞蔚，与远处的渭水互相照映。群臣侍奉着皇帝开怀畅饮，一个个都已大醉，
因为贪恋着这美丽的庄园，而忘了回去。

恩赐丽正殿书院赐宴应制得林字①

张　说

东壁图书府②，西园翰墨林③。

诵诗闻国政，讲易见天心。

位窃和羹重④，恩叨醉酒深⑤。

载歌春兴曲，情竭为知音。

注释：①得林字：宰相张说奉唐玄宗之命作诗，分得"林"字韵。　②东壁：星名，二十八星宿之一，古人认为它是主管文章的秘府，后指皇家藏书秘府。　③西园：三国时魏国园林，曹丕、曹植与"建安七子"等文人多在此筵集赋诗，后世称为"西园雅集"。　④位窃：诗人自谦的说法，居官。和羹：调和羹汤，比喻宰相辅佐皇帝理政。　⑤恩叨：即叨恩，受到恩惠。

译文：东边是藏书之府，西边是文人聚集地。诵读《诗经》了解国家政治情况，讲习《易经》来了解天意。我窃居高位，辅佐皇上，受皇上恩宠很深。我要乘兴高歌，为报答皇帝的知遇之恩而竭尽全力。

送友人

李　白

青山横北郭①，白水绕东城。
此地一为别，孤蓬万里征②。
浮云游子意，落日故人情。
挥手自兹去，萧萧班马鸣③。

注释：①北郭：外城为郭，北郭就是外城的北边。　②孤蓬：比喻孤身飘零的旅人。
③班马：离群之马。

译文：青翠的山峦横在外城的北边，波光粼粼的流水绕着东城流去。此地相别，你就
要像孤舟那样随风飞转，漂泊到万里之外去。天上的浮云就像你行踪不定的身影，缓
缓沉下的夕阳就像我对你的依依惜别之情。无可奈何只有忍痛挥手从此离别，没想到
马儿竟也不忍离别，彼此嘶鸣着互道珍重。

送友人入蜀

李 白

见说蚕丛路^①，崎岖不易行。

山从人面起，云傍马头生。

芳树笼秦栈，春流绕蜀城。

升沉应已定^②，不必问君平^③。

注释：①见说：听说。蚕丛：人名，传说中古代蜀王之名，教四川人养蚕，人称之为蚕丛，后蚕丛代指四川。　②升沉：比喻一个人发迹与潦倒。　③君平：姓严名遵字君平，西汉著名卜者。

译文：听说蜀道崎岖坎坷，不易通行。山在人面前耸立，云在马头旁环绕。山岩峭壁上生长的林木，枝叶青翠，笼罩着栈道；碧绿的江水，环绕着锦城。个人的官爵地位，进退升沉都早有定局，不必再去询问善于占卜的君平。

次北固山下①

王　湾

客路青山外，行舟绿水前。

潮平两岸阔，风正一帆悬。

海日生残夜②，江春入旧年③。

乡书何由达？归雁洛阳边。

作者简介：王湾，唐朝诗人，官终洛阳尉。

注释：①次：出外旅行时停留的处所。北固山：山名，在今江苏镇江市北。　②海日：从海上升起的朝阳。残夜：夜尽时，天快亮的时候。　③入旧年：指春暖早到节令交替。

译文：山间弯弯曲曲有一条小路，绿水上飘飘荡荡有一叶风帆。春潮涌涨，江面似乎与岸齐高了，顺风的船仿佛悬在万顷碧波之间。夜色将近，一轮红日从海上升起，新年未至，江上就已萌发了春意。本想寄书回故乡，但关山重重由谁传递呢？雁儿啊，烦劳你帮我捎个信回洛阳吧。

苏氏别业

祖　咏

别业居幽处，到来生隐心^①。

南山当户牖^②，澧水映园林。

竹覆经冬雪，庭昏未夕阴。

寥寥人境外，闲坐听春禽。

作者简介：祖咏，唐朝诗人，开元年间进士。有《祖咏集》。

注释：①隐心：隐居之心。　②户牖（yǒu）：门窗。

译文：别墅坐落在幽静偏僻的地方，来到这里，我便产生了隐居的念头。终南山与别墅的门窗相对，沣河水倒映着青翠的园林。竹林上还留着冬天的残雪，太阳还未落山，庭院里已经一片昏暗幽寂。这里的环境寂静而幽深，好像隔绝了尘世，闲适时欣赏春鸟的鸣叫声。

春宿左省①

杜 甫

花隐掖垣暮②，啾啾栖鸟过。
星临万户动，月傍九霄多。
不寝听金钥，因风想玉珂。
明朝有封事③，数问夜如何。

作者简介：杜甫，字子美，官至检校工部员外郎，世称杜工部，唐朝现实主义诗人，与李白齐名，世称"诗圣"。杜甫的诗歌大多集于《杜工部集》，其诗被称为"诗史"。

注释：①左省：衙门名称。　②掖垣：皇宫的旁垣，这里指门下省。　③封事：密缄的奏章。

译文：傍晚光线越来越昏暗，皇宫边开放的花朵只能隐约见到，天空中投林栖息的鸟儿飞鸣而过。在群星的照耀下，宫中的千门万户似乎在闪闪欲动。高入云霄的殿宇映着月亮，显得格外明亮。值宿时难以入睡，耳际仿佛总听到开关门的钥匙声，风吹屋檐，好像听到了百官骑马上朝的马铃声。第二天早朝我还要有密奏上陈，好几次打听时间，现在到了几更。

题玄武禅师屋壁

杜 甫

何年顾虎头[1]，满壁画沧洲[2]。
赤日石林气，青天江海流。
锡飞常近鹤，杯渡不惊鸥[3]。
似得庐山路，真随惠远游[4]。

注释：①顾虎头：顾恺之，小字虎头，晋朝著名画家。 ②沧洲：隐者所居之地。
③锡飞、杯渡：《高僧传》记载有高僧能乘锡杖与鹤并飞，此为锡飞；又有高僧能坐在
木杯中渡水，轻快得连水鸥也不惊动，此为杯渡。 ④惠远：晋朝高僧。

译文：不知哪年画家用顾虎头的高技，画出了满壁的神仙境界。画上怪石嶙峋，烟雾
弥漫，一轮红日高悬在一望无际的碧空下，江海浩渺，水天一色。使人仿佛看到高僧
的锡杖和道人的白鹤在空中齐飞。高僧乘木杯渡海，轻快敏捷得连海鸥都不惊动，我
默默出神，好似找到了去庐山的路径，真想追随着高僧惠远到那白云生处一游。

终南山

王 维

大乙近天都[①]，连山到海隅[②]。

白云回望合，青霭入看无。

分野中峰变[③]，阴晴众壑殊[④]。

欲投人处宿，隔水问樵夫。

注释：①太乙：终南山别名。天都：天帝所居，近天都说其高峻。　②海隅：海边。
③分野中峰变：此处指终南山很大，一峰之隔便区域不同。中锋，最高处。　④壑：山
谷。殊：特殊，不一样。

译文：终南山靠近京城长安，连绵不断的山脉伸向遥远的海边。山上翻滚的白云忽合
忽分，千变万化；远处青色的烟云，走近一看，全都消失得无影无踪。高入云霄的主
峰，将周围分成不同区域，千山万谷的阴晴明暗，各自不同。天色已晚，想要投宿，
只好隔着涧水向樵夫打听投宿的地方。

登总持阁

岑 参

高阁逼诸天^①，登临近日边。
晴开万井树^②，愁看五陵烟。
槛外低秦岭，窗中小渭川。
早知清净理，常愿奉金仙^③。

注释：①诸天：佛教术语，指众佛居住的地方。　②井：指长安街道四方如井。
③金仙：佛像。

译文：高阁直插云天，登上高阁，仿佛身近红日。纵目四望，八百里秦川，村落井
树，历历可见，汉家五陵，烟雾笼罩，让人伤感。蜿蜒的秦岭，如一条卧龙横卧天
际；奔流的渭水，像一条金带环绕古城。早知佛寺有如此境地，我情愿脱离尘世，服
侍在金色的佛祖像前。

寄左省杜拾遗

岑 参

联步趋丹陛，分曹限紫微①。

晓随天仗入②，暮惹御香归。

白发悲花落，青云羡鸟飞。

圣朝无阙事③，自觉谏书稀。

注释：①分曹：职务分科叫曹，分曹即在不同的衙门办公。紫微：指中书省。 ②天仗：天子的仪仗队。 ③阙事：缺点，过失。

译文：我们并肩走在上朝的台阶上，办事却被分到中书省和门下省两个部门。清晨随着威严的仪仗同拜君王，日暮带着御炉的清香各回府上。满头白发时，为落花悲伤，每当望见高空的飞鸟，非常羡慕。现在处在太平盛世中，圣上英明，朝廷没有弊端，谏官也觉得上书越来越少了。

登兖州城楼

杜 甫

东郡趋庭日[①]，南楼纵目初。

浮云连海岱，平野入青徐[②]。

孤嶂秦碑在，荒城鲁殿余。

从来多古意，临眺独踌躇[③]。

注释：①趋庭：省亲。 ②青徐：青州、徐州。 ③临：登临，登高。踌躇：犹豫不决的样子。

译文：我到东郡去看望父亲的时候，登上兖州的南楼，极目远望，无限风光尽收眼底。浮云与山海连成一片，原野辽阔苍茫，村落与城郭交错毗邻。石壁上，至今还保存着秦始皇的石碑，州城的荒地里，还剩下鲁灵光殿的废墟。我本来就常发思古的幽情，更何况今朝登上这古城高楼，独自徘徊，心中十分感慨。

送杜少府之任蜀州

王 勃

城阙辅三秦①，风烟望五津②。
与君离别意，同是宦游人③。
海内存知己，天涯若比邻。
无为在歧路④，儿女共沾巾。

作者简介：王勃，字子安，唐朝著名诗人，"初唐四杰"之一。

注释：①三秦：秦亡后，项羽封秦国故地为雍王、塞王、翟王三个国家，称为三秦。今陕西潼关以西一带。　②五津：指四川的白华津、万里津、江首津、涉头津、江南津，称为五津。　③宦游人：在外做官的人。　④无为：不要。歧路：岔路。

译文：长安的城垣宫阙，被辽阔的三秦之地护卫着；遥望蜀地的山山水水，在一派茫茫的烟雾之中。今日与你相别有许多感想，因为我们都是在外做官的人。四海之内，都有知心友人，即使在天涯之外，也如同亲密近邻。我们在分手的时候，不要像小儿女那样泪湿衣巾。

送崔融

杜审言

君王行出将①，书记远从征。

祖帐连河阙，军麾动洛城。

旌旗朝朔气，笳吹夜边声。

坐觉烟尘扫②，秋风古北平③。

作者简介：杜审言，唐朝诗人，"诗圣"杜甫的祖父。

注释：①行：将要。出将：派大将出征。 ②烟尘：代指战事。 ③古北：地名，在今河北省东部一带。平：平定。

译文：君王为歼敌而派将出征，书记官随主帅即将远行。饯别的帐篷连绵不断，从宫阙一直延伸到河洛，军旗飘扬，使洛阳城震动。旌旗在晨光下迎着朔风招展，笳声在夜色里放声长鸣。有了这样的军队出征，我们安坐在朝中也感到了战事即将结束，待到秋风劲吹之日，古老的北疆定会传来平定的捷报。

题义公禅房

孟浩然

义公习禅寂^①，结宇依空林。

户外一峰秀，阶前众壑深。

夕阳连雨足，空翠落庭阴。

看取莲花净，方知不染心。

注释：①义公：作者朋友，法号义公。禅寂：佛教名词，寂静思虑之意。

译文：义公安于禅房的寂静，依傍着空寂的山林修建了自己的禅房。从禅房外望，门户正对着一座峻峭的山峰，屋阶前就是一道深幽的山谷。山雨过后，天色转暗，夕阳徐徐下山；一片山林的翠色阴影，斜映在空旷的庭院里。义公诵读《莲华经》，心里纯净清静，可见义公大师的心一尘不染。

醉后赠张九旭①

高　适

世上漫相识②，此翁殊不然。

兴来书自圣，醉后语尤颠③。

白发老闲事，青云在目前④。

床头一壶酒，能更几回眠。

注释：①张九旭：唐朝著名书法家，世称"草圣"。　②漫：随便。　③颠：同"癫"，狂放。　④青云：指飞黄腾达。

译文：世上的人都是随意相交，而张旭与我的友谊却不一般。他的兴致勃发时，挥笔泼墨，如有神仙相助；饮酒大醉后，号呼狂走，言语癫狂荒唐。他头发花白，情愿在闲适生活中度过这一生，眼中只有天上自由漂浮的白云。他的床头经常有壶酒，人生在世，能得几回开心的沉醉。

玉台观

杜 甫

浩劫因王造①，平台访古游。
彩云萧史驻②，文字鲁恭留③。
宫阙通群帝，乾坤到十洲④。
人传有笙鹤⑤，时过北山头。

注释：①浩劫因王造：这座大佛寺是唐滕王李元婴建造的。　②萧史：春秋时乐工，善吹箫，传说后来成仙。　③鲁恭：指汉朝鲁恭王。　④十洲：古代传说海上有十洲三岛，是神仙居住的地方。　⑤笙鹤：《神仙传》载，仙人王子乔乘鹤吹笙。

译文：这壮丽的玉台观是滕王修建，我来到平台上寻访着古迹。观外彩云驻留，疑是萧史跨凤闲游；观内碑刻林立，疑是鲁恭王留下的文字。玉台观高可齐云摘星，直通五方天帝诸神；观内神仙造像，远集十洲仙界仙人。山那边又传来了笙声与鹤鸣，大概是王子乔经过北山时，留下的美妙乐声吧。

观李固请司马第山水图

杜 甫

方丈浑连水^①，天台总映云^②。

人间长见画，老去恨空闻。

范蠡舟偏小^③，王乔鹤不群^④。

此生随万物，何处出尘氛^⑤？

注释：①方丈：传说中的仙山，这里指画中的仙境。浑：完全。 ②天台：山名，在今浙江省天台县西。 ③范蠡：春秋时越王勾践的谋臣，设计破吴，后携西施泛舟太湖，不知去向。 ④王乔：春秋时人，传说乘鹤化仙而去。 ⑤尘氛：红尘，凡世。

译文：海上的仙山，云雾迷漫，山水相连，天台山在烟雾中半隐半现。如此仙山胜景，只能在图画中观赏，如今只恨自己年老，不能亲自去看看实景。画中的那叶扁舟，可惜太小，只有弃官漂泊的范蠡一人独坐；图上的那只仙鹤，只有吹笙的王子乔一人可乘。我这一生也只能随波逐流，任其浮沉了，不知何处才是一个超凡出尘清净世界？

旅夜书怀

杜 甫

细草微风岸，危樯独夜舟^①。

星垂平野阔，月涌大江流。

名岂文章著^②？官应老病休。

飘飘何所似？天地一沙鸥。

注释：①危樯：船上高耸的桅杆。　②著：扬名、显赫。

译文：微风吹拂着江岸边的细草，高高的桅杆孤独地伸向缥缈的夜空。点点繁星浮悬在无边无际的旷野上；皎洁的月光伴随着江水奔流。我声名的显著，难道仅仅是靠写诗献赋吗？官职的罢退，本来就因为自己年老体病。如今到处漂泊，像个什么呢？正像那在茫茫江面上飘忽不定的一只孤零零的沙鸥。

登岳阳楼

杜 甫

昔闻洞庭水，今上岳阳楼^①。

吴楚东南坼^②，乾坤日夜浮。

亲朋无一字，老病有孤舟。

戎马关山北，凭轩涕泗流^③。

注释：①岳阳楼：在今湖南岳阳，可俯瞰洞庭湖，与黄鹤楼、滕王阁并称三大名楼。
②吴楚：春秋时两个诸侯国名。坼（chè）：分开。 ③凭轩：靠着窗户或廊上的栏杆。

译文：早就听说过洞庭湖的风光壮丽，如今有幸登上了岳阳楼。广阔无边的洞庭湖水，把吴地和楚地分割成两边，整个天地都仿佛漂浮在湖上一般。 我漂泊到这里，亲朋音讯全无；年纪也老了，身体又多病，日夜相伴的只有一叶孤舟。重重关山北面，战火还在继续，我凭栏北望，不禁涕泪涟涟。

江南旅情

祖　咏

楚山不可极^①，归路但萧条。

海色晴看雨，江声夜听潮。

剑留南斗近，书寄北风遥。

为报空潭橘^②，无媒寄洛桥。

注释：①极：穷尽。　②空潭橘：泛指南方的橘子。空潭是地名，以产橘著名。

译文：楚山连绵不断，归路崎岖漫长，萧瑟荒凉。看到东海日出，彩霞缤纷，就知道要下雨了；听到大江波涛澎湃的声音，就知道夜潮来临。我佩剑飘零流落江南，家书难寄，关山迢迢。如今江南的橘子空熟了，可惜无人帮我寄送给洛阳的亲人。

宿龙兴寺

綦毋潜

香刹夜忘归，松清古殿扉。

灯明方丈室，珠系比丘衣^①。

白日传心净，青莲喻法微^②。

天花落不尽^③，处处鸟衔飞。

作者简介：綦（qí）毋潜，唐朝诗人，开元年间进士。

注释：①比丘：和尚。 ②微：精微奥妙。 ③天花："天女散花"之典。典出《维摩经》载，佛祖让天女散花来试探菩萨和弟子的道行，天女向菩萨散花，撒在身上，纷纷落在地上；撒在弟子身上，却沾在身上不掉下来。

译文：我乘兴游览龙兴寺，天黑忘了归去；古殿门外的青松翠柏，在阵阵清风的吹动下，拂打着古殿门宙，瑟瑟作响。禅堂里灯光明亮，僧侣们身披袈裟，胸挂念珠，正在夜诵读经文。他们传授佛经，心地纯洁；他们讲习教义，思想虔诚，像莲花一样明静。他们的诚意，感动了天女，天女散花纷纷坠落，飞来许多仙鸟，把落花衔去不同的远方。

破山寺后禅院

常　建

清晨入古寺，初日照高林。

曲径通幽处，禅房花木深。

山光悦鸟性，潭影空人心。

万籁此俱寂①，惟闻钟磬音②。

作者简介：常建，唐朝诗人，开元年间进士。

注释：①万籁：自然界的声音。　②磬（qìng）：佛教的打击乐器，形状像钵，用铜制成。

译文：清晨我来到古寺，旭日初升，照着高高的丛林。穿过寺中曲折的竹林小路，走到寂静幽深的地方，原来禅房就在这花草树木的深处。山中明媚的景色使飞鸟更加欢悦，潭水空明清澈，令人俗念全消。这一切都沉寂无声，只有悠长的钟磬声在山林间回荡。

题松汀驿

张 祜

山色远含空，苍茫泽国东。

海明先见日，江白迥闻风^①。

鸟道高原去^②，人烟小径通。

那知旧遗逸^③，不在五湖中^④。

作者简介：张祜，中晚唐诗人，有《张祜诗集》《张承吉文集》。

注释：①迥：远。　②鸟道：只有鸟可以飞越的地方，形容山路险峻狭窄。　③遗逸：隐士。　④五湖：太湖。

译文：山色连接着碧空，水乡泽国处处烟波浩渺。海上天明，这儿最早见到朝阳，江涛滚滚，远远便觉得风声凄切。山岭崎岖只有飞鸟才能通过，村落小路人烟杂落在曲径之中。那位被朝廷闲置不用的人，却不在太湖中。

圣果寺①

释处默

路自中峰上，盘回出薜萝②。

到江吴地尽，隔岸越山多。

古木丛青蔼，遥天浸白波。

下方城郭近，钟磬杂笙歌。

作者简介：释处默，唐朝一和尚，与释贯休往来密切。

注释：①圣果寺：寺庙名，在今杭州。　②薜萝：薜荔、女萝，两种藤萝植物。

译文：去圣果寺要从凤凰山的主峰上，一路上羊肠小道盘旋曲折。凤凰山就在钱塘江边，延伸到了吴地的尽头；江那边的越地，山峦起伏，绵延不断。满山丛生的参天古树中云气袅袅，那遥远的天边，江水一望无际，与万顷碧波相接。在山寺凭轩俯望，可见附近历历城郭，耳边不时传来寺院的钟磬声和湖上的歌声。

送别崔著作东征

陈子昂

金天方肃杀①，白露始专征②。

王师非乐战，之子慎佳兵③。

海气侵南部，边风扫北平。

莫卖卢龙塞④，归邀麟阁名⑤。

注释：①金天：秋天。　②白露：节气名。　③之子：这些从征的人，即崔融等。佳兵：用兵。　④莫卖卢龙塞：此处用典。卢龙，地名。三国时隐士田畴指路卢龙，使曹操征乌丸获胜。此处作者劝朋友不要贪求虚名，无功受赏。　⑤麟阁：汉朝绘功臣像于麒麟阁。

译文：在秋风萧瑟的季节，白露初降，正是用兵的好时候。朝廷征兵并不是好战，你们这些将士啊，出征时要小心。边塞的尘雾向南方侵袭，我军如秋风扫落叶一般，荡平了北疆边镇。要学习田畴不居功自傲，更不必希求得到麒麟阁上的美名。

携妓纳凉晚际遇雨（其一）

杜 甫

落日放船好，轻风生浪迟^①。

竹深留客处，荷净纳凉时。

公子调冰水，佳人雪藕丝^②。

片云头上黑，应是雨催诗。

注释：①迟：缓慢。　②雪藕丝：梳妆打扮。

译文：夕阳西下时，公子们带着歌女，在轻风微浪中，泛舟游览。在绿竹成荫的水边，正是游客设宴的好地方；那明净淡雅的荷花，透出阵阵清新的凉意。少年公子殷勤地调配解暑的冰水，美貌歌女细致地梳妆打扮。突然黑云压顶，大雨将至，瞬息的变化倒让我生出诗兴。

秋登宣城谢朓北楼^①

李 白

江城如画里，山晚望晴空。

两水夹明镜，双桥落彩虹。

人烟寒橘柚，秋色老梧桐。

谁念北楼上，临风怀谢公。

注释：①谢朓：南朝齐人，曾任宣城太守，建谢朓楼。诗中谢公即谢朓。

译文：江城宛如在一幅美丽的图画中，我登楼眺望山间的晚景。画中有明亮如镜的清溪，壮观如彩虹的双桥。晚空飘浮的炊烟，累累压枝的橘柚，梧桐在秋色里已经枯老。除了我还有谁会想着到谢朓楼来，迎着萧飒的秋风怀念谢朓。

临洞庭

孟浩然

八月湖水平，涵虚混太清^①。
气蒸云梦泽^②，波撼岳阳城。
欲济无舟楫^③，端居耻圣明^④。
坐观垂钓者，徒有羡鱼情。

注释：①太清：天空。　②云梦泽：古时二湖泽名，在今湖北南部，湖南北部。
③济：渡。　④端居耻圣明：生在太平盛世，自己却闲居在家，因此感到羞愧。

译文：仲秋八月，湖水空明澄碧，天水一色，浑然一体。无边无际的水气，蒸腾不息，波涛起伏，几乎将岳阳城撼倒。我想渡过湖去，却没有船只。生在太平盛世，自己却闲居在家，因此感到羞愧。坐着观看垂钓的人，也只有白白地羡慕罢了。

过香积寺

王　维

不知香积寺，数里入云峰。

古木无人径，深山何处钟？

泉声咽危石，日色冷青松。

薄暮空潭曲，安禅制毒龙①。

注释：①安禅：佛家语，静坐入定。毒龙：比喻欲
念、妄想。

译文：不知香积寺在哪里，但还是要去寻访，行了
数里，进到了云雾缭绕的山峰。参天的古树丛林中
没有道路，这钟声是从深山何处传来的呢？山泉在
嶙峋的岩石间穿行，发出幽咽的声音；青翠的松林
在月色下，发着清幽幽的光。黄昏来临，空旷的潭
边显得更加寂寥，这正是安心守禅、排除红尘俗念
的好地方。

送郑侍御谪闽中

高 适

谪去君无恨①，闽中我旧过。

大都秋雁少②，只是夜猿多。

东路云山合，南天瘴疠和③。

自当逢雨露，行矣慎风波④。

注释：①谪：贬官放逐。　②大都：大致、大略。　③瘴疠：南方山林里蒸发出的毒气。　④行矣慎风波：一路小心谨慎，不要惹出风波。

译文：你被贬到边远的闽中，不必有大多的怨恨，那个地方我去过。闽中天气炎热，大致很少见到秋雁，但是夜里却常有许多猿猴啼叫。你东去的路上，崇山峻岭，云雾缭绕，南方的瘴气很重，常使人生病。你终究会得到皇帝的恩泽重返京都，希望你路途小心，多多保重。

秦州杂诗

杜 甫

凤林戈未息^①，鱼海路常难^②。

候火云峰峻^③，悬军幕井干^④。

风连西极动，月过北庭寒。

故老思飞将^⑤，何时议筑坛^⑥。

注释：①凤林：凤林关。戈：指战事。 ②鱼海：地名，秦州境内，当时常为吐蕃所侵扰。 ③候火：烽火。 ④悬军：孤军深入。 ⑤故老：泛指边城的老百姓。飞将：汉朝名将李广，屡败匈奴。 ⑥筑坛：拜将时要先筑坛，在坛上举行仪式，此处指拜将。

译文：凤林鱼海，战火未熄，干戈未休，道路险难。烽火台上报警的烟火弥漫天空，深入敌军的战士由于水井枯竭，陷入困境。战场的夜晚，朔风怒吼，连天空的星斗也被吹动；明月经过边塞，带来刺骨的寒意。我殷切地思念着"飞将军"李广那样的勇将，早日破敌，朝廷何时才能考虑拜将筑坛。

禹 庙

杜 甫

禹庙空山里①，秋风落日斜。

荒庭垂橘柚，古屋画龙蛇。

云气生虚壁，江深走白沙。

早知乘四载②，疏凿控三巴③。

注释：①禹庙：夏禹的庙，古时洪水泛滥，夏禹用疏导之法治好了洪水。　②四载：四种交通工具，即水行之舟、陆行之车、山行之樏、泥行之楯。　③三巴：今四川一带。

译文：禹庙坐落在寂静的山中，夕阳伴着秋风向西斜。荒草丛生的庭院里，还有前人种的橘柚，硕果垂枝；古屋的壁上依稀可见画着的龙飞蛇舞。云雾团团，在岩石上升起；江涛澎湃，夹着滚滚白沙。大禹啊，我早就听说过您乘着四载四处奔波，凿通三巴，疏通长江的英雄事迹。

望秦川

李 颀

秦川朝望迥^①，日出正东峰。

远近山河净，逶迤城阙重^②。

秋声万户竹，寒色五陵松。

有客归欤叹，凄其霜露浓。

作者简介：李颀，盛唐边塞诗人，开元年间进士。

注释：①迥（jiǒng）：遥远。 ②重：重叠。

译文：早上，我远望着八百里秦川，朝阳正从东山徐徐升起。云开雾散，山山水水明净如画；蜿蜒排列的城阙重重叠叠。万家竹丛在秋风中低号，五陵的古松寒气森森。他乡的游子啊，还是回去吧，这里只有凄凉秋意了。

同王征君洞庭有怀

张 谓

八月洞庭秋，潇湘水北流①。
还家万里梦，为客五更愁。
不用开书帙②，偏宜上酒楼。
故人京洛满，何日复同游？

作者简介：张谓，唐朝天宝年间进士。

注释：①潇湘：即潇水、湘水。 ②帙：装书的函。

译文：八月洞庭湖的秋色正深，潇湘水缓缓地向北流去。离家万里，我只能在梦中见到亲人；漂泊江湖，时常在五更时醒来，更添乡愁。人在愁时，没有心思打开书读，只适合登上酒楼开怀畅饮。我的朋友在长安和洛阳处处都是，不知何日再在一起游玩？

渡扬子江

丁仙芝

桂楫中流望^①，空波两畔明。

林开扬子驿，山出润州城。

海尽边阴静，江寒朔吹生^②。

更闻枫叶下，浙沥度秋声。

作者简介：丁仙芝，唐朝诗人，开元年间进士。

注释：①桂楫：桂木做的桨。　②朔吹：即北风。

译文：船行到江心的时候，我站在船上四处眺望，只见空波明净的秀丽景色。茂密的树丛中，扬子驿时晓时现，起伏的连山环抱着润州古城。江的入海处阴暗幽静，北风吹来，江面上顿觉寒气逼人。船近江南，只听得秋风吹落了片片枫叶，发出浙沥的声音。

幽州夜饮

张 说

凉风吹夜雨，萧瑟动寒林。

正有高堂宴，能忘迟暮心^①？

军中宜剑舞，塞上重筎音^②。

不作边城将，谁知恩遇深？

注释：①迟暮：形容晚年。　②筎：中国古代北方民族的一种乐器。

译文：深秋的夜晚，风雨交加，树木萧瑟，笼罩在寒气中。在宽敞的大厅里，设有丰盛的宴席，欢声笑语，怎能使人暂时忘却年已迟暮？边关的大帐里，只宜舞剑；边塞上的筎声，更是动人心魄。如果不做守边的将领，谁又能领会皇帝的知遇之恩呢？

春日偶成

程 颢

云淡风轻近午天①，傍花随柳过前川②。
时人不识余心乐，将谓偷闲学少年。

作者简介：程颢，北宋理学家、教育家，学者称"明道先生"。

注释：①午天：正午。　②川：河。

译文：正午时分，云淡风轻，我走过花丛，顺着柳树，来到小河边。别人不了解我心里的快乐，以为我在学那些年少的孩子，偷跑出来玩的。

春 日

朱 熹

胜日寻芳泗水滨^①，无边光景一时新。
等闲识得东风面^②，万紫千红总是春。

作者简介：朱熹，南宋人，著名理学家，后人称之"朱子"。

注释：①胜日：天气晴朗的日子。寻芳：踏青赏花。 ②等闲识得东风面：谁都可以看出春的面貌。

译文：我在春光明媚的日子来泗水边踏青，水边无限风景焕然一新。谁都可以看出春的面貌，万紫千红，到处都是百花齐放的春景。

春 宵

苏 轼

春宵一刻值千金^①，花有清香月有阴。
歌管楼台声细细，秋千院落夜沉沉。

作者简介：苏轼，字子瞻，号东坡居士。北宋嘉祐年间进士，"唐宋八大家"之一。其词、诗、散文中豪迈的气象、丰富的思想内容、独特的艺术风格，代表了北宋文学的最高成就。有《苏东坡集》传世。

注释：①春宵：春夜。

译文：春夜的时光就像金子一样珍贵，皎洁的月光柔和地洒向大地，花儿也散发出清香。远处的楼台传来隐约的歌声，挂着秋千的院子在深夜里是如此安静。

城东早春

杨巨源

诗家清景在新春[①]，绿柳才黄半未匀。
若待上林花似锦[②]，出门俱是看花人。

作者简介：杨巨源，唐朝人，贞元年间进士。

注释：①诗家：诗人。清景：清秀的景色。　②上林：古代皇家园林上林苑，故址在今陕西西安市。

译文：诗人认为，早春是最美好的，杨柳那时刚刚吐出嫩芽，颜色不均匀。如果等到上林苑繁花似锦时，一出门碰见的都是赏花的人了。

春　夜

王安石

金炉香尽漏声残[①]，剪剪轻风阵阵寒[②]。
春色恼人眠不得，月移花影上栏杆。

作者简介：王安石，字介甫，北宋人，"唐宋八大家"之一，官至宰相，曾主持变法。

注释：①漏：更漏，古代计时器。　②剪剪：形容风轻微且带点寒意。

译文：金炉里的香已经燃尽，漏壶的滴水声也渐渐微弱，料峭的春风吹来，不禁让人感到丝丝寒意。这夜晚的春色美得让人不能入睡，随着月亮的移动，花木的影子悄悄爬上了栏杆。

初春小雨

韩 愈

天街小雨润如酥^①，草色遥看近却无。

最是一年春好处，绝胜烟柳满皇都^②。

作者简介：韩愈，字退之，唐朝著名诗人，贞元年间进士，"唐宋八大家"之一，曾提倡古文运动。

注释：①天街：京城里的街道。　②绝胜：绝对超过。皇都：京城。

译文：京城的街道上空飘着蒙蒙的雨丝，就像酥油一样润滑。远远看去，满地的青草，走近一看却又不见了颜色，只是些嫩芽。这是一年中春光最好的时候，远远胜过绿柳满城的暮春。

元 日

王安石

爆竹声中一岁除^①，春风送暖入屠苏^②。

千门万户曈曈日，总把新桃换旧符^③。

注释：①除：过去。　②屠苏：酒名。唐宋传说正月初一饮屠苏酒可避疫。入：喝。
③桃：桃符，用桃木做的木匾，上画神像，用来驱邪。

译文：在隆隆的爆竹声中，旧的一年过去了，大家沐着温暖的春风，喝着屠苏酒。初升的太阳照耀着千家万户，大家都把旧桃符取下，换上了新桃符。

立春偶成

张栻

律回岁晚冰霜少①，春到人间草木知。
便觉眼前生意满②，东风吹水绿参差③。

作者简介：张栻，宋朝理学家。与朱熹、吕祖谦为友，史称"东南三贤"。

注释：①律回：节令回转，又指新春伊始。岁晚：年终。 ②生意：生机。 ③参差：高低不平。

译文：年岁将近，冰雪渐渐溶化，春天来到人间，草木最先知晓。出门一看，觉得到处都生机勃勃，湖面上东风吹起阵阵涟漪，还泛着绿光呢。

打球图

晁说之

阊阖千门万户开①，三郎沉醉打球回②。
九龄已老韩休死③，无复明朝谏疏来④。

作者简介：晁说之，宋神宗元丰年间进士。

注释：①阊阖（chāng hé）：指官门。 ②三郎：唐明皇李隆基排行第三，自称李三郎。
③九龄、韩休：两人都做过唐明皇的宰相。 ④明朝：明天早朝。

译文：千重官门打开了，皇帝打完球带醉而归。可惜张九龄老了，韩休也死了，从此也没有正直的大臣来劝说皇上了。

清平调词①

李　白

云想衣裳花想容，春风拂槛露华浓。
若非群玉山头见，会向瑶台月下逢。

注释：①清平调：唐大曲中调名，后为词牌名。此诗写杨贵妃之美。

译文：看到云彩，想到她的衣裳；看到花朵，想起她的容颜，春风拂槛、露珠掩映时，她的华贵气质更加浓郁。如果在群玉山的仙境见不到她，那必定会在瑶台的月光下与她相逢。

江南春

杜　牧

千里莺啼绿映红，水村山郭酒旗风①。
南朝四百八十寺②，多少楼台烟雨中。

注释：①酒旗风：酒店门口挂的招牌迎风招展。　②南朝：指宋、齐、梁、陈四朝，帝王多信佛，修过许多寺庙。

译文：辽阔的江南，黄莺啼唱，柳树泛绿，万紫千红，在水乡山城，酒家招揽客人的招牌迎风飘扬。那雄伟的南朝古寺，大多笼罩在迷蒙的江南烟雨中。

上高侍郎

高　蟾

天上碧桃和露种，日边红杏倚云栽。
芙蓉生在秋江上，不向东风怨未开^①。

作者简介：高蟾，唐僖宗乾符三年（876年）进士。

注释：①不向东风怨未开：不抱怨东风使它不能及时开花。

译文：天上的碧桃沾了仙露而种下，红杏靠着灿烂的云霞开放。生在秋江边上的荷花，从不抱怨东风不让她及时开放。

绝　句

僧志南

古木阴中系短篷^①，杖藜扶我过桥东^②。
沾衣欲湿杏花雨，吹面不寒杨柳风。

作者简介：僧志南，南宋诗僧，志南是他的法号，生平事迹不详。

注释：①短篷：小船。　②杖藜：藜藤做的手杖。

译文：我把小船系在荫凉的古树下，就拄着拐杖去桥那边。天空飘起蒙蒙细雨，带着杏花的香味，衣服将湿未湿；迎面吹来的东风，并不使人感到寒意。

游园不值

叶绍翁

应怜屐齿印苍苔①，小扣柴扉久不开。

春色满园关不住，一枝红杏出墙来。

作者简介：叶绍翁，南宋中期诗人。工诗，属江湖派，但意境高远，用语新警。

注释：①屐：一种底下有齿的木鞋，此处代指鞋。

译文：也许是舍不得那碧绿的青苔被木屐踩坏，我敲了很久的柴门都没有人来开。满庭院的春色是关不住的，瞧，墙头那支娇艳的红杏正探出墙外。

客中行

李 白

兰陵美酒郁金香①，玉碗盛来琥珀光。

但使主人能醉客，不知何处是他乡。

注释：①兰陵：地名，在今山东。郁金香：一种珍贵的植物，古人用以泡酒，泡后酒带金黄色。

译文：兰陵的美酒芳香馥郁，盛在玲珑的玉杯里，闪着琥珀的光芒。只要主人用这样的情意让我沉醉，哪里还管这里是故乡还是异乡呢。

题 屏

刘季孙

呢喃燕子语梁间，底事来惊梦里闲[1]。
说与旁人浑不解[2]，杖藜携酒看芝山。

作者简介：刘季孙，宋朝人，苏轼称其为"慷慨奇士"。

注释：①底事：何事。　②浑：完全。

译文：燕子在屋梁上呢喃细语，不知为何要吵醒我的清闲梦。把这件事说给别人听，没有人会理解，还是拄着拐杖带上酒去芝山游览吧。

漫 兴

杜 甫

肠断春江欲尽头[1]，杖藜徐步立芳洲。
颠狂柳絮随风舞，轻薄桃花逐水流。

注释：①肠断：心里极其悲伤难过。

译文：我拄着拐杖站在小洲上，看到大江东去，隐没在天的尽头，春天将逝，让人伤心。放荡不羁的柳絮随风飞舞，轻薄的桃花随波逐流。

庆全庵桃花

谢枋得

寻得桃源好避秦^①，桃红又是一年春。
花飞莫遣随流水，怕有渔郎来问津^②。

作者简介：谢枋得，南宋宝祐年间进士。

注释：①桃源：此处用陶渊明《桃花源记》之典。桃源是地名，陶渊明把它描绘成人间仙境。　②问津：问路。

译文：寻找到一片桃源，就避开世事，不问年岁，见到桃花开放才发现新的一年又来了。现在，千万不要让桃花随水流去泄露秘密，以免渔郎见了，顺着漂浮的花瓣找到这里，打扰自己的平静。

玄都观桃花

刘禹锡

紫陌红尘拂面来^①，无人不道看花回。
玄都观里桃千树^②，尽是刘郎去后栽^③。

注释：①紫陌：京城里的道路。　②玄都观：道观。　③刘郎：作者自指。

译文：繁华道路上宝马香车迎面过来，没有人不说他们是看完桃花回来。玄都观里的千万棵桃树，都是我离开后别人栽种的。

滁州西涧

韦应物

独怜幽草涧边生^①，上有黄鹂深树鸣。

春潮带雨晚来急，野渡无人舟自横。

***

注释：①怜：喜欢。

译文：我喜爱这山涧边的幽草丛生，茂密的树上黄鹂在啼叫。春潮不断上涨，还夹着密密细雨，而野外的渡口，只有一只小船悠闲地浮在水面。

花　影

苏　轼

重重叠叠上瑶台，几度呼童扫不开^①。

刚被太阳收拾去，却教明月送将来。

***

注释：①几度：几次。

译文：花影重叠映上华丽的楼台，几次让侍童把它扫开，但都扫不开。傍晚时候，太阳落山，花影消失，但是明月上升，它又出现了。

北　山

王安石

北山输绿涨横陂^①，直堑回塘滟滟时^②。

细数落花因坐久，缓寻芳草得归迟。

注释：①北山：指钟山。 ②直堑回塘：钟山的两个景点。滟滟：形容水光闪耀的样子。

译文：北山芳草萋萋，泉水潺潺，流进池塘，在灿烂的阳光照耀下，闪闪发光。数着落花，不知不觉时间已久，但还是流连芳草间，回家已是晚了。

湖　上^①

徐元杰

花开红树乱莺啼，草长平湖白鹭飞。

风日晴和人意好，夕阳箫鼓几船归。

作者简介：徐元杰，南宋理宗绍定五年（1232年）状元。著有《梅野集》十二卷。

注释：①湖上：此诗写西湖之景。

译文：红花开满枝头，黄莺叫声一片，绿草长得茂盛，湖上白鹭翻飞。风和日丽，心情舒畅，太阳西下，吹箫击鼓，尽兴而归。

莺 梭

刘克庄

掷柳迁乔太有情①，交交时作弄机声②。

洛阳三月花如锦，多少工夫织得成。

作者简介：刘克庄，南宋诗人、词人、诗论家。

注释：①掷柳迁乔：这里形容黄莺从柳树上飞下。　②交交：黄莺鸣叫声。

译文：黄莺在翠绿的柳树上跳跃，发出交交的声音，就像梭子在织布机上穿梭发出的声音。三月时节，洛阳繁花似锦，这样壮观的锦缎，不知道费了黄莺多少工夫才织出来。

暮春即事

叶 采

双双瓦雀行书案①，点点杨花入砚池。

闲坐小窗读周易，不知春去几多时。

作者简介：叶采，宋理宗淳祐元年（1241 年）进士。

注释：①瓦雀：屋顶瓦上的麻雀。

译文：成双成对的鸟雀在屋顶活动，阳光把它们的身影印在书桌上；点点的杨花飘进窗内，落进砚池。闲来就一直坐在窗下读《易经》，不知春天过去多少时间了。

登 山

李 涉

终日昏昏醉梦间，忽闻春尽强登山。
因过竹院逢僧话，又得浮生半日闲①。

作者简介：李涉，唐朝人。曾任太学博士，世称"李博士"。

注释：①浮生：虚浮不定的人世。

译文：我每天都昏昏沉沉，无所事事，突然听说春天要结束了，于是打起精神去登山。途中经过竹院，遇到一个和尚，与他闲聊一番，又得到了半天的清闲。

蚕妇吟

谢枋得

子规啼彻四更时①，起视蚕稠怕叶稀。
不信楼头杨柳月，玉人歌舞未曾归。

注释：①子规：即杜鹃鸟。

译文：杜鹃在四更的时候开始啼叫，养蚕的妇人赶紧起来查看蚕儿，给它们添加桑叶。窗外月上柳梢，天就要亮了，但是远处歌舞未完，歌女们还没有回家。

晚　春
韩　愈

草木知春不久归，百般红紫斗芳菲^①。
杨花榆荚无才思，惟解漫天作雪飞^②。

注释：①斗芳菲：争芳斗艳。　②惟解：只知。

译文：花草树木知道春天不久就要离开，因此姹紫嫣红竞相争艳。杨花和榆荚没有什么艳丽姿色，只能像飞雪一样漫天飞舞。

伤　春
杨万里

准拟今春乐事浓^①，依然枉却一东风^②。
年年不带看花眼，不是愁中即病中。

作者简介：杨万里，字廷秀，号诚斋，宋朝著名诗人，绍兴二十四年（1154年）进士。有《诚斋集》。

注释：①准拟：本以为。　②枉却：白白地辜负。

译文：原以为今年春天一定有许多快乐的事情，但还是辜负了东风的好意。每年花开的时候，都没有眼福，不是愁闷就是生病。

送 春

王 令

三月残花落更开^①，小檐日日燕飞来。

子规夜半犹啼血，不信东风唤不回。

作者简介：王令，北宋诗人，少有奇才，有《广陵先生文集》。

注释：①更：又。

译文：暮春三月，百花凋零，可是还有几朵凋谢的花重新盛开；低矮的房屋下，燕子每天飞来飞去。夜已深，只有眷恋春光的杜鹃还在啼叫，即使已经啼出血来，也不相信春天唤不回来。

客中初夏

司马光

四月清和雨乍晴，南山当户转分明。

更无柳絮因风起^①，惟有葵花向日倾。

作者简介：司马光，字君实，主持编纂了《资治通鉴》。宋哲宗时任尚书左仆射。

注释：①更无：已没有。

译文：四月时分，天气清新，雨后初晴，南山由迷蒙变得清丽。已经没有随风飘起的柳絮，只有葵花向着太阳欢喜生长。

有 约

赵师秀

黄梅时节家家雨^①，青草池塘处处蛙。

有约不来过夜半，闲敲棋子落灯花。

作者简介：赵师秀，南宋诗人，"永嘉四灵"之一。

注释：①黄梅时节：春末夏初梅子成熟时节，梅雨季节。

译文：黄梅时节到处都是雨水，长满青草的池塘到处都是蛙声。已经约好的客人还没有来，时间一晃就过了午夜。实在无聊，只得敲着棋子，看灯花结了又落，落了又结。

初夏睡起

杨万里

梅子留酸软齿牙^①，芭蕉分绿上窗纱。

日长睡起无情思，闲看儿童捉柳花。

注释：①梅子：一种味道极酸的果实。

译文：梅子味道很酸，吃过之后，余酸还留在牙齿之间；芭蕉绿了，影子投在纱窗上，就像分了些绿给纱窗。春去夏来，日长人倦，午睡起来有些无聊，闲来无事坐下来看儿童捕捉柳絮。

三衢道中

曾 几

梅子黄时日日晴，小溪泛尽却山行^①。

绿阴不减来时路，添得黄鹂四五声。

作者简介：曾几，宋朝诗人。曾客居上饶茶山七年，因号茶山居士，有《茶山集》。

注释：①泛：泛舟。

译文：梅雨时节却天天晴朗，于是泛舟小溪，一直来到小溪尽头，又改走山路。山中的风景比起来时看到的，并不减半分，反而多了几声黄鹂的叫声，增添了新的乐趣。

即 景

朱淑贞

竹摇清影罩幽窗，两两时禽噪夕阳。

谢却海棠飞尽絮^①，困人天气日初长。

作者简介：朱淑贞，号幽栖居士，南宋时人，籍贯身世不详。

注释：①谢却：凋谢。

译文：随风摇动的竹子清幽的影子，映在幽静的窗户上；夕阳西下，成双的鸟儿叫着飞回巢穴。海棠开尽，柳絮飞完，让人困倦的天气一天天变长。

村居即事

翁 卷

绿遍山原白满川，子规声里雨如烟。
乡村四月闲人少，才了蚕桑又插田①。

作者简介：翁卷，南宋诗人，以苦吟著称，"永嘉四灵"之一。

注释：①了：结束。

译文：春风吹绿了田野，沟壑涨满了白水，杜鹃声声叫唤，蒙蒙细雨如烟。乡村的四月时节，人人都在忙碌，刚刚做完蚕桑的事，又开始下田插秧。

书湖阴先生壁

王安石

茅檐常扫净无苔，花木成蹊手自栽①。
一水护田将绿绕，两山排闼送青来②。

注释：①蹊：小路。　②闼（tà）：门。

译文：茅屋下因为经常打扫，所以连青苔都没有；园里的花木成行，是主人亲自栽种的。一条碧绿的小溪围绕着稻田，两边的青山仿佛要推开院门，把翠绿送进来。

乌衣巷

刘禹锡

朱雀桥边野草花，乌衣巷口夕阳斜。

旧时王谢堂前燕^①，飞入寻常百姓家。

注释：①王谢：指晋朝宰相王导、谢安。其府第都在朱雀桥边，乌衣巷内。

译文：朱雀桥边杂草丛生，野花点点；乌衣巷口，夕阳正斜。曾经飞往王公贵族家的燕子，如今却只能飞入寻常人家了。

送元二使安西

王　维

渭城朝雨浥轻尘^①，客舍青青柳色新。

劝君更尽一杯酒^②，西出阳关无故人^③。

注释：①浥（yì）：沾湿。　②更：再。　③阳关：在今甘肃敦煌，是古代进入西域的关口。

译文：渭城的早上，下着如丝的春雨，打湿了路边尘土；客舍周围的柳树，郁郁葱葱。朋友啊，希望你再喝一杯酒，向西出了阳关后，就没有老朋友了。

黄鹤楼闻笛

李 白

一为迁客去长沙^①，西望长安不见家。
黄鹤楼中吹玉笛，江城五月落梅花^②。

注释：①迁客：被贬官而去远方的人。 ②江城：鄂州，今湖北武昌。落梅花：曲名。

译文：一旦成了被贬的人到了长沙，向西望长安就看不到自己的家了。在黄鹤楼上听到有人吹笛子，仿佛看到五月的江城飘落着梅花。

江楼有感

赵 嘏

独上江楼思悄然，月光如水水如天。
同来玩月人何在^①？风景依稀似去年。

作者简介：赵嘏，唐朝诗人。有《渭南集》三卷。

注释：①玩月：赏月。

译文：独自登上江楼，感到有些惆怅无聊；皓月当空，江水波光粼粼，水天一色。一起来赏月的人如今都在哪里？只有风景仿佛还和去年一样。

题临安邸

林 升

山外青山楼外楼，西湖歌舞几时休？
暖风薰得游人醉，直把杭州作汴州①。

作者简介：林升，南宋诗人。

注释：①杭州：南宋都城。汴州：北宋都城。末句讽刺南宋当局不知亡国之恨，依旧奢靡腐化，沉溺歌舞。

译文：青山连绵，楼阁相接，临安如此繁华，无时无刻无有歌舞升平。那些无所事事出来游玩的贵族子弟，被暖洋洋的风吹得像喝醉了酒一样，他们简直把杭州当成了真正的首都了。

晓出净慈寺送林子方

杨万里

毕竟西湖六月中①，风光不与四时同。
接天莲叶无穷碧，映日荷花别样红。

注释：①毕竟：到底。

译文：到底是六月的西湖，风光与其他时节是不一样的。延伸到天边与天相接的荷叶，泛着无尽的绿色；在阳光的照耀下，荷花也格外美丽鲜红。

饮湖上初晴后雨

苏 轼

水光潋滟晴方好①，山色空蒙雨亦奇。

欲把西湖比西子②，淡妆浓抹总相宜。

注释：①潋滟（liàn yàn）：形容水波荡漾。　②西子：即西施，古代四大美女之一。

译文：晴天的西湖，水面波光粼粼，云影荡漾；下雨的西湖，山色迷蒙，云雾聚散不定。想要把西湖比作美女西施，不管是淡妆还是浓抹都令人倾倒。

观书有感

朱 熹

半亩方塘一鉴开①，天光云影共徘徊。

问渠那得清如许②？为有源头活水来。

注释：①一鉴开：像一面镜子一样展开。　②渠：第三人称代词，它，指池塘。

译文：小小的池塘像镜子一样澄澈透明，天光云影都在镜子中一起移动。问水怎么会如此清澈？原来是因为有那永不枯竭的源头为它输入活水。

冷泉亭

林 積

一泓清可沁诗脾^①，冷暖年来只自知。

流出西湖载歌舞，回头不似在山时。

作者简介：林積，宋神宗熙宁九年（1076年）进士。

注释：①泓（hóng）：一汪深水。

译文：一泓清澄的泉水，沁人心脾，引起人的无尽诗兴；年复一年，只有自己知道冷暖。一旦入西湖，浮载起歌舞画舫，想再回头就不是在山时的清澈状态了。

赠刘景文

苏 轼

荷尽已无擎雨盖^①，菊残犹有傲霜枝。^②

一年好景君须记，最是橙黄橘绿时。

注释：①擎：撑持。 ②傲：抵抗。

译文：塘中荷花开尽，荷叶枯萎，已经没有挡雨的伞盖；菊花开败了，还有傲对风霜的枝干。朋友，一定要记住，一年最美的正是橙子黄了、橘子绿了的时节。

枫桥夜泊

张 继

月落乌啼霜满天，江枫渔火对愁眠^①。
姑苏城外寒山寺^②，夜半钟声到客船。

作者简介：张继，唐朝诗人，天宝年间进士。

注释：①渔火：渔船上的灯火。对愁眠：与愁共眠。 ②姑苏：即今苏州。

译文：月亮落下，乌鸦长啼，寒霜满天，我对着江畔凋零的枫叶、点点渔火忧愁得难以入睡。半夜时分，姑苏城外寒山寺的钟声传到了船上。

寒 夜

杜 耒

寒夜客来茶当酒，竹炉汤沸火初红^①。
寻常一样窗前月，才有梅花便不同。

作者简介：杜耒，南宋人，曾官主簿。

注释：①竹炉：外竹内泥的火炉。

译文：寒冷的夜晚，客人来访，以茶代酒招待他；炉火正旺，茶水沸腾。窗外的月色和平常一样，但是因为有了梅花就变得不同了。

霜 月

李商隐

初闻征雁已无蝉，百尺楼台水接天。

青女素娥俱耐冷①，月中霜里斗婵娟②。

作者简介：李商隐，字义山，号玉溪生，晚唐著名诗人，与杜牧并称"小李杜"。其诗独辟蹊径，对后世影响极大。

注释：①青女：司霜女神。素娥：月宫嫦娥。　②婵娟：姿容美好。斗：比赛。

译文：刚听到飞雁的声音，就见不到蝉影了；楼高百尺，水天一色。青女和嫦娥都不惧风寒，在明月秋霜中争奇斗艳。

雪 梅（其一）

卢梅坡

梅雪争春未肯降①，骚人阁笔费评章②。

梅须逊雪三分白③，雪却输梅一段香。

作者简介：卢梅坡，宋朝诗人，生平不详。

注释：①降：降服。　②骚人：诗人。阁：同"搁"，放下。　③逊：差。

译文：梅花和白雪互相争春都不认输，我放下笔，思考着如何评判优劣。虽然梅花缺少白雪的几分洁白，但是白雪却缺少梅花的芳香。

答钟弱翁

牧 童

草铺横野六七里，笛弄晚风三四声。

归来饱饭黄昏后，不脱蓑衣卧月明①。

作者简介：牧童，牧童为笔名，真实姓名不详。

注释：①蓑衣：用稻草或棕叶编制的一种雨具。

译文：绿草横铺在宽阔的原野上，一个牧童斜坐牛背，迎着晚风悠闲地吹着笛子正往回走。黄昏时候回到家里，牧童吃饱饭，蓑衣也不脱就仰卧在月光下，酣然入睡。

七言律诗

早朝大明宫

贾　至

银烛朝天紫陌长①，禁城春色晓苍苍。

千条弱柳垂青琐②，百啭流莺绕建章③。

剑佩声随玉墀步，衣冠身惹御炉香。

共沐恩波凤池上④，朝朝染翰侍君王⑤。

作者简介：贾至，唐朝诗人，官终右散骑常侍。

注释：①紫陌：通往京师郊野的道路。　②青琐：宫门。　③建章：宫殿名。　④凤池：即凤凰池，是中书省的别名。　⑤翰：笔。

译文：银白色的烛光照得皇城道路一派明亮，刚天亮的宫殿里，春意盎然。千万条刚刚抽出芽的嫩柳树点缀宫门内外，黄鹂唱着婉转的歌在建章宫周围飞来飞去。大臣们身着朝服，佩着宝剑，朝拜皇上，衣冠摆动时拂起御炉里的清香。大家共同蒙受皇上的恩泽，我愿意以文章终身侍候在皇帝身旁。

和贾舍人早朝大明宫之作

王 维

绛帻鸡人报晓筹^①，尚衣方进翠云裘^②。

九天阊阖开宫殿^③，万国衣冠拜冕旒^④。

日色方临仙掌动^⑤，香烟欲傍衮龙浮^⑥。

朝罢须裁五色诏，珮声归到凤池头^⑦。

注释：①绛帻：红头巾。鸡人：宫中报时辰的人。 ②尚衣：管理皇帝服装的官。
③阊阖：宫门。 ④冕旒：皇帝的礼冠。 ⑤仙掌：皇帝专用的掌扇，又叫障扇。
⑥衮龙：龙袍上的龙形图案。 ⑦凤池：中书省。

译文：天刚明时，宫中报晓的更人就开始大声报晓，掌管服饰的宫人也刚把绣有翠云
的云袍献给皇帝。九重宫门打开，大臣和来自异域的使者进入大殿，向皇上朝拜。旭
日东升，光芒照着大殿，掌扇摇动，香烟飘向皇上的衮龙袍绣。退朝后，贾舍人匆匆
赶回凤凰池，用五色纸为皇上起草诏书。

和贾舍人早朝

岑 参

鸡鸣紫陌曙光寒，莺啭皇州春色阑①。

金阙晓钟开万户，玉阶仙仗拥千官。

花迎剑佩星初落，柳拂旌旗露未干。

独有凤凰池上客，阳春一曲和皆难②。

注释：①皇州：指京城。阑：消退。　②阳春：古曲名，后指高雅的曲子。

译文：雄鸡报晓，黄莺在清寒的曙光中婉转唱歌，京城里春色将尽。皇宫里的钟声催开了重重宫门，宫殿前的台阶上站满了朝拜的文武百官。天空的残星已经隐去，花园里，大臣佩剑肃立，绿色的垂柳轻拂旌旗，柳叶上的露珠还没有干。只有凤凰池上的贾舍人，才能写出让人难以应和的如阳春白雪一般的诗章。

上元应制

王　珪

雪消华月满仙台，万烛当楼宝扇开^①。

双凤云中扶辇下，六鳌海上驾山来。

镐京春酒沾周宴^②，汾水秋风陋汉才。

一曲升平人尽乐，君王又进紫霞杯。

作者简介：王珪，宋仁宗庆历二年（1024 年）进士。

注释：①宝扇：障扇，皇帝的仪仗。　②镐京：周武王建都之地，武王曾在此大宴群臣。这里指北宋都城。

译文：残雪消融，月光照满宫中楼台，万盏华灯照着皇帝的到来。一对凤凰护着皇帝的辇车前行，就像六只海龟托着三座仙山飘然而来。这欢庆的盛况如同当年周武王大宴群臣时的情景，而皇帝的才能远胜过汉武帝在汾水边作的《秋风辞》。大家在安乐的治世音乐中共同欢乐，皇帝心情舒畅，又举起杯来祝酒。

答丁元珍

欧阳修

春风疑不到天涯，二月山城未见花。

残雪压枝犹有橘，冻雷惊笋欲抽芽。

夜闻啼雁生乡思，病入新年感物华①。

曾是洛阳花下客，野芳虽晚不须嗟②。

作者简介：欧阳修，字永叔，号六一居士。北宋著名文学家和文坛领袖，"唐宋八大家"之一。

注释：①物华：美丽的自然景色。　②嗟：叹息。

译文：我怀疑春天是否到了这里，都二月份了山城还没有开花。残雪积压的枝上竟然挂着橘子，雷声隐隐，惊得地下的竹笋想要发芽。晚上听到大雁飞回的声音生起了思念家乡的念头，多病的身躯又迎来新的一年。我们曾经都在洛阳赏花，看了多少名花异草，因此山城的春天虽然来得晚，但是不必嗟叹。

插花吟

邵 雍

头上花枝照酒卮^①，酒卮中有好花枝。

身经两世太平日^②，眼见四朝全盛时^③。

况复筋骸粗康健，那堪时节正芳菲。

酒涵花影红光溜^④，争忍花前不醉归。

作者简介：邵雍，字尧天，北宋著名理学家。

注释：①酒卮（zhī）：酒杯。 ②两世：古称三十年为一世，两世为六十年。 ③四朝：指真宗、仁宗、英宗、神宗四朝。 ④涵：浸。

译文：头上戴着花枝，兴致勃勃地饮酒，酒杯里倒映出花枝的美好影子。经历过六十年的太平日子，看到过四朝明君全盛时期。虽然年纪老了，但是身体还很健康，何况现在正是群芳争艳的大好时节。酒中映着花影，红光浮动，怎能不在花前不醉不归。

寓　意

晏　殊

油壁香车不再逢①，峡云无迹任西东。

梨花院落溶溶月，柳絮池塘淡淡风。

几日寂寥伤酒后，一番萧瑟禁烟中②。

鱼书欲寄何由达③，水远山长处处同。

作者简介：晏殊，字同叔，北宋人，仁宗时宰相，爱好文学，喜荐人才。

注释：①油壁香车：经过油漆的漂亮马车，诗中以此代指坐在车中的美人。　②禁烟：即禁火，寒食禁火。　③鱼书：信件。

译文：她乘坐的油壁香车不再相逢，她的行踪东南西北漂浮不定。开满梨花的院里月光如水，微风荡漾的池塘边柳絮翻飞。想借酒解愁，酒醒后却更加寂寞，寒食禁火的情景，让人感到萧瑟。想寄书信却不知道向哪里传递，水远山高哪里都是一样。

清 明

黄庭坚

佳节清明桃李笑，野田荒冢只生愁。

雷惊天地龙蛇蛰，雨足郊原草木柔。

人乞祭余骄妾妇[①]，士甘焚死不公侯[②]。

贤愚千载知谁是，满眼蓬蒿共一丘。

作者简介：黄庭坚，北宋著名文学家、书法家，"宋四家"之一。

注释：①人乞祭余骄妾妇：《孟子》中一故事，齐国有一个人，常讨别人祭奠用的食品吃，回家还对妻妾吹牛。　②士甘焚死不公侯：春秋时介之推隐居山中，晋文公请他出来做官，他不肯，晋文公放火烧山逼他出来，介之推却甘愿被烧死。

译文：清明佳节桃李竞相开放，荒郊野外的坟冢却让人生愁。春雷惊醒了蛰伏一冬的龙蛇，郊外原野上的草木喝着充足的雨水，抽出柔嫩的枝叶。齐人向别人乞讨祭品吃，还向妻妾吹嘘，而介子推却宁愿烧死也不做公侯。他们是贤能、清廉还是贫贱、愚蠢，至今又有谁知道呢，放眼眼前杂草丛生，都成了一抔黄土。

清　明

高　翥

南北山头多墓田，清明祭扫各纷然。

纸灰飞作白蝴蝶，泪血染成红杜鹃。

日落狐狸眠冢上，夜归儿女笑灯前。

人生有酒须当醉，一滴何曾到九泉①。

作者简介：高翥（zhù），南宋诗人，布衣而终。

注释：①九泉：相传人死后居住的地方，又叫黄泉。

译文：南北的山上很多坟墓，清明节来扫墓的人也有很多。焚烧的纸钱纷纷扬扬如白蝴蝶在飞，扫墓的人悲恸哭泣犹如杜鹃泣血在坟头。夜幕降临，狐狸睡在坟冢上，扫完墓回到家里的儿女又开始笑谈。人生在世，有酒就不妨大醉，人死后，美酒哪里有一滴会流入黄泉啊。

郊行即事

程 颢

芳原绿野恣行时^①，春入遥山碧四围。
兴逐乱红穿柳巷^②，困临流水坐苔矶^③。
莫辞盏酒十分劝，只恐风花一片飞。
况是清明好天气，不妨游衍莫忘归^④。

注释：①恣：任意。　②逐：追逐。　③困：困倦的时候。　④游衍：恣意游逛。

译文：行走在芳草萋萋的绿野上，浓浓的春色染绿了远处的高山和四周。我兴致勃勃地穿过柳林追逐落花，困了就坐在长满青苔的流水边。不要推辞好意相劝的美酒，我只担心被风一吹，花落一片。何况正是风和日暖的清明时节，不妨好好游览，不过不要忘了回去。

秋 千

释惠洪

画架双裁翠络偏^①，佳人春戏小楼前。

飘扬血色裙拖地，断送玉容人上天。

花板润沾红杏雨，彩绳斜挂绿杨烟。

下来闲处从容立，疑是蟾宫谪降仙^②。

作者简介：释惠洪，北宋诗僧，俗姓喻。

注释：①翠络：翠绿色绳子。 ②蟾宫：月宫。谪：贬降。

译文：彩色的秋千架上系着彩色的秋千绳，一个美丽的姑娘来到小楼前的秋千架前。猩红色的长裙拖在地上，随着秋千的起伏飘飘扬扬；秋千架上的姑娘面孔如玉，仿佛飞上了天空。飘洒的杏花花瓣如雨丝一般沾满了秋千的踏板，如梦如烟的柳丝与彩色的秋千绳交相辉映。荡完秋千，姑娘悠闲地站在幽静的地方，就像从月宫下凡的仙女一样。

曲江对酒（其一）

杜 甫

一片飞花减却春①，风飘万点正愁人。

且看欲尽花经眼，莫厌伤多酒入唇②。

江上小堂巢翡翠③，苑边高冢卧麒麟。

细推物理须行乐④，何用浮名绊此身？

注释：①减却春：消减春色。 ②伤：感伤。 ③翡翠：鸟名。 ④物理：万物兴衰变化的道理。

译文：一片落花就消减了春的景色，而大风正吹落万朵花瓣让人发愁。就看那些还没有完全落尽的花朵吧，虽然喝了很多酒，但是还是要再喝。翠雀在破败的阁楼上筑巢，石麒麟在帝王的陵墓旁卧倒。细想一下，事物的兴衰变迁本来就是这样，不如及时行乐，为什么要让浮名把自己束缚住呢？

曲江对酒（其二）

杜 甫

朝回日日典春衣^①，每日江头尽醉归。

酒债寻常行处有，人生七十古来稀。

穿花蛱蝶深深见，点水蜻蜓款款飞。

传语风光共流转^②，暂时相赏莫相违。

注释：①典：典当。　②传：传告世人。

译文：每日退朝后我就去典当春天的衣服，然后去江头酒馆大醉才回。赊酒欠下的债到处都是，能活到七十的人自古以来就很少。穿梭在花间的蝴蝶时隐时现，飞在水面的蜻蜓忽起忽落。蝴蝶和蜻蜓啊，你们多停留一会儿，让我们趁着这短暂的时刻，共同欣赏这风光吧。

黄鹤楼

崔 颢

昔人已乘黄鹤去^①，此地空余黄鹤楼。

黄鹤一去不复返，白云千载空悠悠。

晴川历历汉阳树^②，芳草萋萋鹦鹉洲^③。

日暮乡关何处是？烟波江上使人愁！

注释：①昔人：从前的仙人。 ②历历：清清楚楚。 ③萋萋：草木茂盛的样子。

译文：仙人已经乘鹤离去，这里只留下空荡荡的黄鹤楼。黄鹤离开了再也没有回来，只有悠悠白云在天空千载依旧。晴朗的江面上，汉阳的树木清晰可见，鹦鹉洲上的芳草正茂盛。夕阳西下，我的家乡在哪里呢？薄烟弥漫的江面让人生愁啊！

旅 怀

崔 涂

水流花谢两无情，送尽东风过楚城。
蝴蝶梦中家万里①，杜鹃枝上月三更。
故园书动经年绝，华发春催两鬓生②。
自是不归归便得，五湖烟景有谁争？

作者简介：崔涂，唐朝诗人，光启年间进士。

注释：①蝴蝶梦：庄周梦中化为蝴蝶，醒来迷惑是自己变成了蝴蝶，还是蝴蝶变成了
自己。　②华发：白头发。

译文：春水无情东流，春花无情凋谢，东风也吹过楚城消失了。睡梦中，我回到了万
里之外的家乡，醒来正是三更时分，皓月当空，杜鹃啼叫。故乡的书信已经经年不
见，我的两鬓又生出了白发。是我自己不回去啊，回去其实很容易，在家乡泛着烟波
的湖面上荡舟，谁会来跟我争呢？

答李儋

韦应物

去年花里逢君别，今日花开又一年。

世事茫茫难自料，春愁黯黯独成眠。

身多疾病思田里，邑有流亡愧俸钱①。

闻道欲来相问讯，西楼望月几回圆。

注释：①邑：城市，这里指苏州。愧俸钱：愧对官俸。

译文：去年花开的时候我和你分别，到今年花开时已经有一年。世事苍茫难以预料，春光让人生愁，只得独自睡觉。体弱多病更加思念家乡的亲朋，苏州城里有流亡的百姓，让我愧对朝廷的俸禄。听到你要来的消息，我很是兴奋，登上西楼望着月圆月缺，算着你要来的日子还有多长。

夏　日

张　耒

长夏江村风日清，檐牙燕雀已生成。

蝶衣晒粉花枝舞①，蛛网添丝屋角晴。

落落疏帘邀月影，嘈嘈虚枕纳溪声。

久斑两鬓如霜雪，直欲樵渔过此生②。

作者简介：张耒，北宋诗人，"苏门四学士"之一。

注释：①蝶衣：蝴蝶的翅膀。　②直欲樵渔：真想做个樵夫或渔夫，借指归隐。

译文：夏日的江村风和日丽，屋檐下长成的乳燕在嬉戏。蝴蝶停在花上，在太阳下闪着翅膀跳舞，蜘蛛躲在晴朗的屋角，精心织网。疏落的窗帘邀请月光进屋，枕头边传来潺潺的溪水声。岁月无情，两鬓早已生出白发，只想做个樵夫或渔翁度过余生。

辋川积雨

王 维

积雨空林烟火迟，蒸藜炊黍饷东菑①。

漠漠水田飞白鹭，阴阴夏木啭黄鹂。

山中习静观朝槿②，松下清斋折露葵。

野老与人争席罢③，海鸥何事更相疑？

注释：①藜（lí）：一种野菜。菑（zī）：农田。　②朝槿：木槿。　③争席：争名夺利。

译文：阴雨绵绵的村子里，袅袅青烟升起，农妇们在家里蒸藜烧黍，好给在东边劳作的农夫们送饭。烟雨空蒙的水田上方，白鹭翻飞；茂盛繁密的树木间，黄鹂啼叫。在山中修身养性，看木槿花朝开晚谢，在松树下吃清淡的饭菜和新鲜的露葵。我来到这里与世无争，海鸥啊，为什么还要猜疑我呢？

表兄话旧

窦叔向

夜合花开香满庭①，夜深微雨醉初醒。

远书珍重何由达？旧事凄凉不可听。

去日儿童皆长大，昔年亲友半凋零②。

明朝又是孤舟别，愁见河桥酒幔青③。

作者简介：窦叔向，唐朝诗人，官至工部尚书。

注释：①夜合：合欢，落叶乔木。　②凋零：此处作过世讲。　③酒幔：酒旗。

译文：合欢花的香气充满了庭院，夜深下起了雨，我们从酒醉中醒来。远方亲人互道珍重的书信何时送达啊？凄凉的往事让人不忍听下去。曾经的伙伴都长成了大人，原来的亲朋好友也有一半去世了。明天早上又将独自乘船远行，想起河头酒家飘着的青色酒旗，心中不由得一阵忧愁。

偶 成

程 颢

闲来无事不从容，睡觉东窗日已红。

万物静观皆自得，四时佳兴与人同。

道通天地有形外^①，思入风云变态中。

富贵不淫贫贱乐^②，男儿到此是豪雄。

注释：①道：道理。　②淫：放纵。

译文：闲暇时，没有一样事情不自如从容，因此一觉醒来，红日已经高照窗户。冷静对待万物，因此能有所体会，对于四季美景的感触也跟别人一样。明了道就能通晓天地间的事物，也能让自己的思考跟变幻莫测的风云相吻合。富贵时不放纵，贫贱时自得其乐，这才是真男儿、真豪杰。

游月陂

程　颢

月陂堤上四徘徊^①，北有中天百尺台。

万物已随秋气改，一樽聊为晚凉开。

水心云影闲相照，林下泉声静自来。

世事无端何足计^②，但逢佳节约重陪。

注释：①四：四处。　②无端：无常。计：计较。

译文：在月陂堤上来回观赏，北边一座高楼高耸入云。万物已经随着秋天的到来而变得萧瑟，但是我还是为这晚凉举杯。水中倒映着悠闲的云影，树林下在寂静中响起淙淙的泉水声。世事难料不值得计较，只要佳节时和朋友相约举杯就好。

秋兴（其一）

杜　甫

玉露凋伤枫树林，巫山巫峡气萧森。

江间波浪兼天涌，塞上风云接地阴。

丛菊两开他日泪，孤舟一系故园心。

寒衣处处催刀尺^①，白帝城高急暮砧^②。

注释：①催刀尺：催人赶制冬衣。　②白帝城高急暮砧：高高的白帝城上，暮色降临，听到急促的捣衣声，不觉归心似箭。砧，捣衣的石头。

译文：枫叶受到寒霜侵袭慢慢凋零，巫峡两岸，寒风萧瑟，寒气逼人。江中波浪滔天，惊涛骇浪，峡口风云匝地，隐晦昏暗。丛丛菊花已经开了两次，忆往昔感伤落泪，一颗思乡之心牢牢地系在孤独的扁舟上。寒冬将到，家家都在为亲人赶制冬衣，高高的白帝城那边传来急促的捣衣声。

秋兴（其三）

杜 甫

千家山郭静朝晖，日日江楼坐翠微①。

信宿渔人还泛泛②，清秋燕子故飞飞③。

匡衡抗疏功名薄④，刘向传经心事违⑤。

同学少年多不贱，五陵裘马自轻肥⑥。

注释：①翠微：碧绿青翠的山色。 ②信宿：再宿，连宿两夜。泛泛：船在水面漂浮。③故：仍旧。 ④匡衡抗疏功名薄：匡衡上书直言升了官，我上书直言却没有得到功名。 ⑤刘向传经心事违：刘向传授经书得了名，我传授经书却未遂志愿，反而被朝廷疏远。 ⑥裘马自轻肥：骑着肥大的马，穿着暖和的衣服。

译文：山城的千家万户静静地立在朝晖里，我每天都坐在江楼上看四周青翠的山光水色。隔夜留在江中的渔船，还在江上漂流；清秋飞回的燕子，在空中翩翩飞翔。匡衡据义直言，受到重用；我也像刘向一样传经，却遭到贬斥。如今的权贵都是我的少年同学，他们出身豪门，终日肥马轻裘，游手好闲。

秋兴（其五）

杜 甫

蓬莱宫阙对南山，承露金茎霄汉间①。

西望瑶池降王母，东来紫气满函关。

云移雉尾开宫扇，日绕龙鳞识圣颜。

一卧沧江惊岁晚，几回青琐点朝班②。

注释：①承露金茎：承露盘的金属支柱。　②青琐：这里借指朝房。

译文：气象万千的蓬莱宫对着终南山，玉盘承着天露，金柱直插云汉。向西遥望王母娘娘的瑶池，东边紫气充满函谷关。雉尾宫扇缓缓移开，犹如天上云霞流动；皇帝的锦绣龙袍，就像日月缭绕。如今我年事已高，病卧在孤城寒江上，曾经朝见皇上的情景也只在梦中重见。

月夜舟中

戴复古

满船明月浸虚空，绿水无痕夜气冲。

诗思浮沉樯影里^①，梦魂摇曳橹声中。

星辰冷落碧潭水，鸿雁悲鸣红蓼风。

数点渔灯依古岸，断桥垂露滴梧桐。

作者简介：戴复古，南宋人，江湖派诗人。

注释：①樯：船桅。

译文：江上的水气和月光成一色，整条船像沉浸在虚空的世界一样；那碧绿的秋水，没有一丝波纹，只感到夜凉袭人。思绪沉浮在樯橹的影子里，梦魂飘荡在橹声中。星辰倒映在碧绿的水里，显得几分冷落；归雁栖息在红蓼中，随着寒风悲鸣。古岸边数盏渔灯在闪烁，断桥边梧桐在滴露。

长安秋望

赵 嘏

云物凄凉拂曙流^①，汉家宫阙动高秋。

残星几点雁横塞，长笛一声人倚楼。

紫艳半开篱菊静，红衣落尽渚莲愁^②。

鲈鱼正美不归去，空戴南冠学楚囚。

注释：①云物：云雾。　②红衣：红色的花瓣。渚莲：池塘中的莲花。

译文：凄清的云气在拂晓时流动，高大的汉家宫阙现出秋的景象。点缀着几颗残星的天空大雁排成行，远处的楼上有人在吹笛。在寂静的竹篱旁，紫色的菊花半开半合；水中的沙洲上，红莲的花瓣落尽，让人惆怅。此时的家乡正是鲈鱼肥美的时候，可惜我不能回去，就像没有获释的楚囚留在京城。

新　秋

杜　甫

火云犹未敛奇峰^①，欹枕初惊一叶风^②。

几处园林萧瑟里，谁家砧杵寂寥中？

蝉声断续悲残月，萤焰高低照暮空。

赋就金门期再献^③，夜深搔首叹飞蓬^④。

注释：①火云：火烧云。敛：收。　②欹（qī）：倚，斜靠。　③金门：汉宫门名。
④飞蓬：蓬草，随风飘转，喻漂泊不定。

译文：傍晚天际的火烧云形成各种山峰的模样，我斜靠在枕头上，突然看到一片落
叶，顿时觉得又一个秋天要来了。几处园林，树木萧瑟，寂寥的夜里，谁家传来捣衣
的声音？蝉的声音断断续续，像在悲叹残月；萤火虫时高时低，照着夜晚的天空。多
希望能再向朝廷献策献力，夜深了，漂泊之人只能空叹一声罢了。

中 秋

李 朴

皓魄当空宝镜升^①，云间仙籁寂无声。

平分秋色一轮满，长伴云衢千里明^②。

狡兔空从弦外落^③，妖蟆休向眼前生^④。

灵槎拟约同携手^⑤，更待银河彻底清。

作者简介： 李朴，宋朝诗人，绍圣年间进士。

注释： ①皓魄：月光明亮。宝镜：指月亮。　②衢 (qú)：道路。　③狡兔：指月宫中的玉兔。弦：喻月如弓，故有上弦月、下弦月。　④妖蟆：月宫中的蟾蜍。　⑤灵槎 (chá)：传说天上银河中往来的筏子。

译文： 中秋之夜，月亮挂在天空，皎洁明亮，天上的音乐也停止了，四周很静。中秋圆月把秋色分成两半，永远照着天上的街市和云间的大道。希望月宫中的玉兔能从空中跳出游玩，那吃月的蟾蜍别出现在眼前。待到银河变得彻底澄净后，约几位朋友一起乘着筏子上去游玩。

九日蓝田会饮

杜 甫

老去悲秋强自宽^①，兴来今日尽君欢。

羞将短发还吹帽^②，笑倩旁人为正冠^③。

蓝水远从千涧落，玉山高并两峰寒。

明年此会知谁健^④，醉把茱萸仔细看^⑤。

注释：①强自宽：勉强地安慰自己。　②吹帽：据《晋书·孟嘉传》载，参军孟嘉游山，被风吹落帽子而不觉，用此典谓自己像孟嘉一样兴致勃勃。　③倩：请。　④健：健在。　⑤茱萸：草名，重阳节插茱萸据说可以避邪。

译文：人到老年更容易悲秋，但是我还是勉强作乐，自我宽慰；重阳佳节，趁着兴致和朋友一起欢乐。帽子被风吹掉露出短发，我暗自羞耻却故作轻松，请朋友给我戴正。涓涓涧流汇成了滔滔蓝田溪谷里的水，从远处奔泻而来，蓝田玉山高危并峙，发出寒意。明年的重阳不知道谁还健在，借着醉意仔细观察茱萸的样子，期望明年能再相会。

秋 思

陆 游

利欲驱人万火牛[①]，江湖浪迹一沙鸥。

日长似岁闲方觉，事大如天醉亦休。

砧杵敲残深巷月，梧桐摇落故园秋。

欲舒老眼无高处，安得元龙百尺楼[②]。

注释：①火牛：战国时齐将田单用火牛阵击败燕军。这里说世人争名逐利的劲头比火牛阵还厉害。　②百尺楼：三国时名士许汜拜访广陵太守陈元龙，受到怠慢。许汜向刘备抱怨，刘备则说，是你不对，我要是陈元龙，不会自己睡上床让你睡下床，而是自己睡到百尺高楼上，让你睡楼下。

译文：利欲的驱使让人像被火驱赶的牛一样，我浪迹天涯像一只清闲的沙鸥。闲暇时才发现每天长得就像一年，天大的事情也能醉过即忘。深夜里残月西沉，传来捣衣的声音，井旁的梧桐叶落，想必故乡也是秋天了吧。想要让自己看得更远却没有高处可去，怎么能像元龙一样高卧百尺之楼。

与朱山人①

杜 甫

锦里先生乌角巾，园收芋栗未全贫。
惯看宾客儿童喜，得食阶除鸟雀驯②。
秋水才深四五尺，野航恰受两三人③。
白沙翠竹江村暮，相送柴门月色新。

注释：①朱山人：杜甫在成都时的邻居朱希真。诗中锦里先生即指朱山人。 ②阶除：堂前台阶。 ③恰受：刚好容纳。

译文：朱先生头戴乌角巾来迎接我，他的院内种着芋头和板栗，可见家里并不贫穷。孩子们看惯了来往的宾客，很是高兴；台阶上正啄食的鸟雀并不理会其他人。屋外小河的水才四五尺深，上面的小船能载两三个人。泛白的沙子和青翠的竹子点缀着山村的日暮，新月出来时，朱先生送我出了柴门。

闻 笛

赵 嘏

谁家吹笛画楼中，断续声随断续风。

响遏行云横碧落①，清和冷月到帘栊。

兴来三弄有桓子②，赋就一篇怀马融③。

曲罢不知人在否，余音嘹亮尚飘空。

注释：①遏：阻止。碧落：指天空。 ②三弄：曲名，即梅花三弄，为桓伊所作。桓子：即桓伊，晋朝人，善吹笛。 ③马融：汉朝人，善吹笛，著有《长笛赋》。

译文：是谁在那雕梁画栋的楼上吹笛，随着风声时断时续地传来。笛声让天上的行云停止了流动，混着清冷的月光进入帘幕。笛声让我想起了善于吹笛的桓伊和写《长笛赋》的马融。笛声停了，不知道吹笛的人是否已经离去，余音嘹亮好像还在天空飘荡。

冬 景

刘克庄

晴窗早觉爱朝曦，竹外秋声渐作威。

命仆安排新暖阁，呼童熨贴旧寒衣。

叶浮嫩绿酒初熟，橙切香黄蟹正肥。

蓉菊满园皆可美，赏心从此莫相违①。

注释：①相违：违背自己的心愿。

译文：晴朗的早晨阳光射进窗户来，竹林外面萧瑟的秋风吹起，逐渐猛烈。我吩咐仆人准备好取暖的火炉，让童子熨平我的旧冬衣。新酿的酒，酒色像浮在上面的叶子一样嫩绿，螃蟹煮熟以后像切开的香甜橙子，十分可口。芙蓉花和菊花开得满园都是，尽情地欣赏这秋末冬初的景色吧。

冬至

杜 甫

天时人事日相催，冬至阳生春又来^①。
刺绣五纹添弱线^②，吹葭六管动飞灰^③。
岸容待腊将舒柳，山意冲寒欲放梅。
云物不殊乡国异^④，教儿且覆掌中杯。

注释：①冬至：节气名。　②刺绣五纹添弱线：刺绣女工，因为白天渐渐长了，也就能多绣几根线。　③吹葭六管动飞灰：古人将葭草烧成灰，装入竹管，到了某一节气，相应律管内的葭灰就会飞出来。葭，草名。　④云物：景物。不殊：没有什么不同。

译文：天时人事互相催促，冬天来了，转瞬春天又会到来。绣女比以前能多添线绣花，六管中的葭灰飞起。河堤上的柳树将抽出新的枝条，起伏不断的山峦冲断寒气，让梅花赶紧开放。眼前的景物与故乡的并没有两样，叫来儿子斟酒对饮吧。

山园小梅

林 逋

众芳摇落独暄妍，占尽风情向小园。

疏影横斜水清浅，暗香浮动月黄昏。

霜禽欲下先偷眼①，粉蝶如知合断魂②。

幸有微吟可相狎③，不须檀板共金樽④。

作者简介：林逋，宋朝诗人，工书画，隐居西湖，自谓以梅为妻，以鹤为子，人称"梅妻鹤子"。

注释：①霜禽：冷天的鸟，指白鹤。 ②断魂：此处指一往情深。 ③相狎：相亲近。 ④不须檀板共金樽：不需要敲着檀板赞美梅花，也不需要端着酒杯来欣赏梅花。

译文：百花凋零的季节只有梅花在开放，她占尽了小园的一切风光。她疏朗的身影横斜在清澈的浅水里，沁人心脾的清香溶入迷蒙的月色中。寒霜中的飞鸟偷偷地看她，粉蝶如果能见上一眼，一定会被迷得神魂颠倒。幸好我能通过写点诗与你亲近，歌女的檀板和公子的金樽不用来凑热闹了。

左迁至蓝关示侄孙湘

韩　愈

一封朝奏九重天^①，夕贬潮阳路八千^②。

本为圣朝除弊政，敢将衰朽惜残年。

云横秦岭家何在？雪拥蓝关马不前。

知汝远来应有意，好收吾骨瘴江边^③。

注释：①九重天：这里指皇帝。　②潮阳：潮州。　③瘴江：岭南地方潮湿，多瘴气，所以有瘴江之说。

译文：早上我刚向皇上呈上《论佛骨表》的奏章，晚上我就被贬到八千里外的潮州。本来想为圣明的皇帝革除政治的弊端，哪里考虑过自己年老体弱，吝惜过残存的时光呢。云雾茫茫的秦岭啊，哪里才是我的家？白雪皑皑的蓝关前，马儿也停步不前。难得你远远来送我，我理解这份好意，以后你到那瘴气弥漫的江边去，为我收尸吧。

干 戈

王 中

干戈未定欲何之^①，一事无成两鬓丝。

踪迹大纲王粲传^②，情怀小样杜陵诗^③。

鹡鸰音断人千里^④，乌鹊巢寒月一枝。

安得中山千日酒^⑤，酩然直到太平时。

作者简介：王中，字积翁，南宋诗人。

注释：①干戈：战事。何之：去哪儿。　②踪迹大纲王粲传：我的经历大概和三国时代的王粲差不多。　③情怀小样杜陵诗：我的情怀就像唐朝的杜甫一样。　④鹡鸰：鸟名。鹡鸰知兄弟有难则哀鸣不已，所以用鹡鸰比喻兄弟。　⑤千日酒：传说中山神仙所酿的酒，酒醉后千日才醒。

译文：战火未灭哪里才是我的安身之处，如今一事未成，却两鬓白发。我就像王粲一样，空有才华，又像杜甫一样，流落四方。兄弟失去联系，千里难聚，我像那绕树的乌鸦，无枝可依。只有大喝中山的千日酒，醉到天下太平时才醒来。

归 隐

陈 抟

十年踪迹走红尘^①，回首青山入梦频。
紫绶纵荣争及睡^②，朱门虽富不如贫^③。
愁闻剑戟扶危主，闷听笙歌聒醉人。
携取旧书归旧隐，野花啼鸟一般春。

作者简介：陈抟（tuán），字图南，号扶摇子，北宋诗人，举进士不第，遂不求禄仕，以山水为乐。

注释：①红尘：热闹繁华的人世间。 ②紫绶：系官印的紫色丝绳，比喻做官掌权。争及：哪比得上。 ③朱门：红漆大门，代指富贵人家。

译文：在人世奔波有十年之久，时常梦见来时的青山。高官厚禄纵然快乐，赶不上临风闲卧；朱门酒肉纵然丰富，赶不上安宁的清贫生活。不想听在刀光剑影中扶持危难中的君主，也烦听歌舞宴席、纵情享乐的夜夜笙歌。还是带着旧书回到曾经归隐的地方，看野花听鸟鸣，那里的春色同过去一样。

山中寡妇

杜荀鹤

夫因兵死守蓬茅^①，麻苎衣衫鬓发焦。

桑柘废来犹纳税，田园荒尽尚征苗。

时挑野菜和根煮，旋斫生柴带叶烧。

任是深山更深处，也应无计避征徭^②。

作者简介：杜荀鹤，字彦之，唐朝人。出身寒微，传说为杜牧之子。

注释：①夫因兵死守蓬茅：丈夫被征去当兵，战死沙场，剩下她一人独守茅屋。 ②征徭：赋税和徭役。

译文：丈夫死在战乱中，只有她逃往山中，住在茅屋里，穿着粗布做的衣服，面容憔悴，头发枯槁。桑树和柘树都被砍光了，但还是要纳税；田园里的庄稼都已经荒芜，但还是要缴纳青苗税。时时上山挖野菜和根一起煮着吃，没有柴火，又砍些树枝连叶一起烧。即使逃到深山的更深处，也逃不开横征暴敛的官府。

送天师①

朱 权

霜落芝城柳影疏，殷勤送客出鄱湖。

黄金甲锁雷霆印②，红锦韬缠日月符③。

天上晓行骑只鹤，人间夜宿解双凫④。

匆匆归到神仙府，为问蟠桃熟也无。

作者简介：朱权，明太祖朱元璋第十七子，被封为宁王。谥献王，史称"宁献王"。

注释：①天师：指东汉张道陵，被其弟子称为天师。后世沿称其子孙受封号者为张天师。　②黄金甲：金贵精美的装印斗的外套。　③韬：袋子。　④双凫：两只野鸭。据《后汉书·王乔传》载，汉朝王乔有仙术，能使鞋变成野鸭在天上飞。

译文：寒霜降落，鄱阳城里柳影稀疏，我殷勤送别天师，乘船渡过宽阔的鄱阳湖。天师穿着金黄的道袍，带着宝印，拿着装有日月灵符的袋子。清晨，他跨着仙鹤在天上穿行，晚上，他解下双凫借宿在人间。天师匆匆赶回仙府，惦记着洞里的蟠桃是否成熟。

送毛伯温

朱厚熜

大将南征胆气豪①，腰横秋水雁翎刀。

风吹鼍鼓山河动②，电闪旌旗日月高。

天上麒麟原有种③，穴中蝼蚁岂能逃④？

太平待诏归来日，朕与先生解战袍！

作者简介：朱厚熜（cōng），即明世宗，明朝的第十一位皇帝。

注释：①大将：指毛伯温。 ②鼍（tuó）鼓：鼍皮做的鼓。鼍，扬子鳄。 ③天上麒麟：此处指毛伯温像麒麟一样，将门出身。 ④穴中蝼蚁：对安南人的蔑称。

译文：将军威风凛凛去南征，腰上挂着雁翎宝刀，像秋水一样光亮。大风送来阵阵战鼓声，气壮山河；旌旗飘飘如电闪雷鸣，与日月比高。就像天上的麒麟有自己的种属一样，将军出生将门，那些如洞穴中的蝼蚁一般的叛逆之徒，能逃到哪里去？等到逆贼降服，天下太平，你归来之时，我一定亲自为你解下战袍犒劳你！